文春文庫

この女

森絵都

JN267142

文藝春秋

この女

前略。いつも年賀状を有難う。フィールドワークも順調のご様子。マラリアは完治したのでしょうか。何卒ご自愛を。

君もお察しでしょうが、私生活では筆無精の私がこうしてペンを執るのは急ぎの報が有ればこそです。

君が探していた原稿が見つかりました。約十五年前に行方不明になった君の友人、甲《こう》坂礼司《さかれいじ》君が残した小説です。

呆れた事に発見場所は大学の教授室でした。面識もない青年の原稿が何故私の元にあったのかと驚きましたが、同封されていた手紙を読むに、どうやら彼は震災の前々日、あの小説を速達で私宛に投函していた模様です。翌日、大学へ到着したその封筒を、例によって事務局員が教授室まで届けてくれたのでしょう。その日は振り替え休日だった為、不運にして私は大学におらず、彼の原稿は目に触れぬまま震災の朝を迎える事となりました。

あの日、関西を襲った激震の猛威は今更ここで述べるまでもありません。自宅で被災し腰を痛めた私は目撃していませんが、震災直後はあの教授室も酷い有様だったようです。壁という壁を塞いでいた書籍と書類の山が崩壊し、床一面を一寸の隙間もなく埋め尽くしたとの事。身動きの取れない私に代わって後始末を担い、一から山を築き直してくれたのはゼミの学生達でした。書類の中身等は一々確認せず、手当たり次第に積み上げていったのでしょう。

あれから十五年の歳月が流れ、今期を限りに他校へ籍を移す事となった私は、相も変わらず荒れ放題のカオス状態を呈している教授室（君らは「デリー」と呼んでいたな）を空にする急務に目下迫られています。書類の一部一部に目を通し、手元に残すべき資料を厳選する、その奮戦中に同封の原稿とフロッピーを発見した次第です。

あの震災さえなければと返すがえすも思わずにいられません。あれがなければ甲坂君が行方を眩《くら》ます事も、彼の労作が十五年もの眠りに就《つ》く事もなかった。あの日に失われた多くの命については言うに及びません。

淡路にお住まいだった君の御母堂も犠牲者のお一人でしたね。

然しながら君は何時ぞや告白してくれました。廃墟と化した街で生々しい生と死に直面し、そこから神なくして起き上がる人間の底力に触れなければ、君はこの現実に立ち返れなかった、我々と同じ地平へ戻ってくる事が出来なかった、と。遅ればせながら今回、甲坂君の小説に綴られたある事実に触れ、改めてその意を胸に焼きつけました。

その後、警察からの連絡はありませんか。君は随分と熱心に捜し続けた様ですが、あの朝、彼が自転車で六甲道から大阪へ向かう途上で被災したらしいと聞いた時から、私は彼が天に召されたものと見做《みな》していました。然し、彼の小説にその来し方を知らしめられた今は、甲坂礼司という男の生命力と執念に賭けたい思いもあります。原稿の発見が何らかの前兆であらんことを。

因みに、筆者が付けた小説の題は『この女』ですが、私は寧《むし》ろ『この男』とでもしたいところです。

ともあれ、先ずは君にも読んで頂きたい。十五年間も眠らせておいた詫びを兼ね、どうにかこの原稿を製本できないものかと思案中です。何卒ご協力の程。

次回の一時帰国は何時頃でしょうか。呉々も蚊にはご注意を。乱筆御免。

1

実在する女の人生を小説にする場合、果たしてどのような書き出しが最も望ましいのだろう。

病院の分娩室で産声を上げた瞬間。

少女時代の心温まるエピソード。

知人や友人の語る意外な素顔。

人生最高の輝かしい一齣《ひとこま》を掲げ、冒頭から読み手の気を引く手法もある。慎重な小説家ならば両親の出生から始めるかもしれないし、更に良心的な書き手はひいひい爺さん婆さんの代まで遡った挙げ句、収拾がつかなくなって迷走するはめに陥るかもしれない。

しかし、残念ながら僕にはそのいずれも実践できそうにない。僕は自分が書こうとしているヒロインの誕生シーンや少女時代はおろか、ごく基本的な生い立ちにさえも通じていないのだから。そして、そもそも僕は小説家ではない。

無論、僕は知ろうとした。素人なりに知恵を絞り、直球に変化球、あらゆる方向から彼女へ問いを投げかけた。彼女もそれに応えてくれた。ただし、嘘だった。何もかもでまかせだった。故に彼女が語れば語るほど、その人生は混沌とした汚濁のような闇の底へと埋もれていくのだった。僕はついに諦めた。混沌は混沌のまま描くしかないのだろう、と。

技巧を凝らした冒頭への野心も捨て、凡庸な叙述に徹することに決めた。起こった物事を起こった順に。見たことを見たまま、聞いたことを聞いたまま。我ながら芸のないやり方だが、僕にはこれしかできそうにない。

何度も言うが、僕は小説家ではない。俗に言う文学青年ですらない。体を張って文壇の対岸に生きる一人の日雇い労働者にすぎない。

起こった物事を起こった順に綴るとするならば、まずはこの僕がなぜ二谷結子《にたにゆうこ》の人生を小説化するに至ったのか、その経緯から始めるべきなのだろう。

2

運命のバイトが舞いこんできた朝のことは忘れない。

変わり映えのしない釜ヶ崎の朝に三つの珍事が起こったせいだ。

ひとつは、平穏な目覚め。毎朝、四時の目覚ましが鳴るよりも早く合い鍵で戸をこじあけ、ずかずかと踏みこんでくる宿の親父が、この日に限って姿を見せなかった。

「貴様、また二股さしよったやろ。コンセントはテレビ専用じゃ。それ以外は使用禁止や言うとるやんけ」

「湯を沸かしてカップ麺食うただけやんか。電気くらいはどこのホテルかてタダやで、タダ」

「ドアホ、ここをどこや思うとるんじゃ。叩きだされとうなかったら、寝ぼけたことぬかしとらんとはよ電気代払わんかい。百五十円や」

「なんや、それ。カップ麺より高いやん。湯を沸かしただけやろ、せいぜい三十円や」

「百円や」

「三十五円や」

「五十円」

毎朝くりかえされる押し問答。結局、僕は根負けしていくらかの小銭を出し、やや大きめの棺桶みたいな三畳一間にしがみつくはめになる。似たような簡易宿ならばこのドヤ街にいくらでも連なっているけれど、ノミやシラミのいないベッドを探すのは手間だし、どこの主人もドケチさ加減は似たりよったりだ。労働者から搾れるだけ搾り取る。それがこの町に生きる商売人の流儀なのだから。

その商売人がこの朝は電気代の取り立てに来なかった。

死んだのか？

訝りながら二股コンセントを抜いてポットをナイロンバッグにしまい、証拠を隠滅した。夜のうちに外しておけばいいだけの話だが、一日の稼ぎを懐にこの万年床へ戻ると、腹が満ちるのと同時に意識が彼方へ飛んでしまう。昨夜も歯を磨いた記憶すらない。

釜ヶ崎の朝は例によって仄暗く煙っていた。朝とはいってもまだ四時十分、霞んだ空にはカーテン越しに身支度を整えている女のように朧《おぼろ》な太陽の影がある。

帳場で千八百円の宿賃を支払い、すえた臭いの染みついた通りに足を踏みだした矢先、宿の親父と鉢合わせた。

「センターやったら、行くだけ無駄やで。仕事はあらへん」

愛想のないダミ声が飛んでくる。

「そら毎度のことや。そやけど、行かな永遠に仕事にありつけん」

「アホ、暴動や」

暴動。これが二つ目の珍事だった。

言われてみればいつにも増して町の空気が殺気立っている気がする。自然と足が急《せ》いた。心なしかきな臭い匂いが鼻先を掠めていく。風の音だと思っていたのは無数の怒号だったのか。

数分とせずに到着したあいりん総合センターの前は黒山の人だかりだった。

「やったれ、やったれ！」

「ぶっ殺したれ！」

物騒な罵声を飛び交わせ、憑かれたような形相で押し合いへし合いする男たちをかきわけて進むと、次第に喉の奥が塞がれて呼吸が苦しくなり、異臭の正体が見えてきた。センター正面の方々で毛布や雑誌、自転車などが黒煙を立ち昇らせている。

煙と煙の合間から覗く機動隊の隊列。彼らの手にしたジュラルミンの盾に投石がバチバチと当たる音。絶え間ない怒声。鳴り響く警報。バブル崩壊の煽りで日雇いの求人が激減してから約二年、夜間は野宿者のひしめくこのセンターがこんなにも賑わっているのを見たのは初めてかもしれない。

僕も一石くらい投じていきたかったが、足下に手頃な石がない。代わりに中敷きの剝げた運動靴が落ちていたので、機動隊めがけて投げつけた。立ちこめる黒煙を貫き、誰かのヘルメットに当たってぱふんと気の抜けた音を立てる。機動隊員は痛くも痒くもなさそうだった。むしろ地に落ちた靴のほうが痛々しい。アホらしくなった僕は咳きこみながら人垣を離れた。

毎度暴動の中心地となる銀座通りを避けて露店が連なる高架沿いの道に出る。ここにも多くの人影があった。この騒動で手配会社のバスが通れず、仕事にあぶれた人々だ。が、そこにはいつもの哀愁よりもむしろ異様な興奮が立ちこめている。

「始まりよったなあ」

「何がきっかけや」

「ポリ公がアオカンのおっちゃんを泥棒扱いして袋にしたとか、せんかったとか」

「そんなん毎度のことやんか」

釜ヶ崎に生きる労働者と西成警察とのあいだには数年おきに大規模な衝突が起こる。原因は様々だが、大元にあるのは理由なき暴力がまかり通っている警察に対する労働者の怒りと不信感だ。普段はてんでバラバラな労働者たちも、有事の際にはここぞとばかりに団結する。実際に暴れているのは血気盛んな一部にすぎないが、警察憎しの思いは遠巻きに眺める者たちも変わらない。

どさくさにまぎれて付近の商店にまで投石しているグループ。「戦争や、戦争や！」

と喚きちらしている酔漢。朝から路傍で飲んでいる男、裸で寝ている男、吐いている男、ラリって体を掻きむしっている男——これは毎度の情景か。

「機動隊はどこや！　うちかてやるときはやったるで」

作業着だらけの路上を珍しくミニスカートの足が駆けぬけていったかと思えば、オカマだった。握りしめた両手から石が溢れて地面へ転がり落ちている。

「がんばれ、オカマ！」

「やったれ、オカマ！」

おっちゃんたちのがなり声。

日本各地から吐きだされ、わずか〇・六キロ四方のドヤ街に身を寄せる男たちが暴動によって得んとしているのは人としての尊厳だけではなく、ある種の「祭り」なのかもしれないと僕は思う。

「レイちゃん」

喧噪の中に立ちつくす僕を呼ぶ声がした。

「こっちや、こっち」

「あ、松《まっ》ちゃん」

見ると、路傍に敷いたゴザの上で知り合いのおっちゃんが露店を開いている。

「また人が死んだんか」

歩み寄り、ゴザの上へ視線を落とすと、この吹きだまりに朽ちた誰かの全財産が風に吹かれていた。欠けた茶碗。サンダル。百円ライター。カミソリの刃。

「これ全部売ってなんぼ?」

「五百円いかんやろな」

「なんや清々しい遺産やな」

「骨肉の争いにはならん。ありがたいこっちゃ」

暴動騒ぎなど我関せず、松ちゃんは飄々と欠けた灰皿を磨いている。

「なあ、松ちゃん。暴動もええけど、これでしばらく仕事にならへんな。また野宿者が増えるで」

「今かて道も公園も野宿者だらけじゃ。この界隈に収まりきれん者たちが心斎橋まで流れとる。じきに瀬戸大橋まで行ってまうで」

まんざら冗談でもなさそうな口ぶりで言い、「それはそうと」と灰皿から目を上げた。

「レイちゃん、あんた、大輔《だいすけ》に会うたか?」

「大輔?」

「センターであいつに会うた者がおる。あんたを捜しとったらしいで」

「ほんま？」

大輔がこの町に姿を現した。一年ぶりに戻ってきた。

即ちこれが三つ目の珍事なわけだが、汗や垢、煙の匂いが交わる路上をどれだけ眺めまわしても、目につくのは五十、六十の厳めしい面ばかりだ。

「ちょいと大輔、捜してくるわ」

僕は再び雑踏の中へと身を翻し、心当たりの場所を目指した。

目指すといっても狭い界隈、あっという間に到着する。センター裏手にある新今宮文庫庫の戸をくぐると、四壁を埋める書棚に囲まれた机にはいつになく空席が目立っていた。福祉施設に併設されたここには司書もおらず、ちんまりとした規模もまさに文庫サイズだが、一応は公共図書館だ。まともに本を読む僕のような変人を除いた多くの労働者から、風雪を凌ぐ昼寝の場として大いに利用されている。

この日も、暴動どころではなさそうな風情のおっちゃんたちが数人、盛大にいびきをかいていた。長く仕事にありついていないやつれた老人たちだ。大輔がいればすぐ目につきそうなものだが、あのモップのような天然パーマの金髪頭は見当たらない。

外れたか、と踵《きびす》を返そうとした矢先、背後から「礼司さん」と懐かしい声がした。

見ると、真っ黒なモップ頭が照れくさそうに揺れている。

「大輔……髪、染めたんか」

「前のが染めとってん」

「ああ、そらそやな」

「脱色はほんま髪を傷めるで」

「キューティクルがなあ」

再会の照れもあってどうでもいいことを言いあっているうちに、銀座通りの方角から
ひときわ大きな叫喚が轟いた。得体の知れない野獣のような絶叫と、無数の不穏な足音。

また追加の機動隊でも到着したのだろうか。

「ああ、もうほんまにかなわんわ！」

居眠りしていたおっちゃんの一人が立ちあがり、「安眠妨害じゃーっ」と吠えながら
外へ突進していく。その声が集団の怒号に吸いこまれるのを待って、僕は大輔に向き直った。

「で、おまえ、なにしに戻ってきたんや」

「礼司さんに、ええバイトの話があって」

「バイト？」

大輔はひくりと鼻の穴を膨らませた。

「新しい小説の依頼や」

大輔と出会い、過ごし、妙なバイトをするはめになった一年前の夏。その始まりの一日のことは今もよく憶えている。

まだ空の暗い明け方、僕がセンターで顔馴染みの手配師を探していると、「すんません」と背後から若い声がした。振りむくと、場違いな金髪頭の男が迷子のような目をしていた。

「あの、ここに来れば仕事があるって聞いたんですけど、なんやようわからへんで。ぶっちゃけ、仕事ってどうやって探せばええんですか」

僕は男の真新しいスニーカーを凝視した。全国各地から訳ありの人間が集まってくるこの界隈でも、これほどわかりやすい新参者には滅多にお目にかかれない。

「どうもこうも、その辺におる手配師と交渉するだけやねんけど……あんたが日雇い仕事を?」

「はい」

「どっから来たんや」

尋ねると、その男――大輔は素直にはにかんだ。

「神戸です」

「なんや、えらい近場やな。悪いこと言わへん、はよ帰り。見たとこ金にも困ってなさそうやし、こんなとこに来んでもええやんか」

若いうちからこないな所へ来るもんやない。それは僕がこの寄せ場へ流れついた頃によく言われた台詞でもあったが、大輔は当時の僕のように意固地な目をして言い張った。神戸には帰れない、どうしてもここで働かなければならないのだ、と。

「頼んます、これには深い事情があるんです」

結局、根負けした僕が手配師を紹介し、この日は同じ現場へ回してもらうことになった。ビル建設現場における補助作業。初心者にはきつい肉体労働だったが、「もうあかん」「死んでまう」などと悲鳴を上げながらも大輔は最後までやりきった。

仕事が終わると手配会社へ立ち寄り、その日の賃金を精算する。受領のサインもままならないほど大輔はへばっていたものの、僕はかまわず背を向けた。明日からは神戸でコンビニのバイトでも探せばいい。

「ほな、ごくろうさん」

「待ってや、礼司さん。もひとつ教えてほしいんやけど……」

「なんや」

「ドヤちゅうのはどうやって探したらええんですか」

この日以来、大輔は当時の僕が常宿にしていたドヤの一員となった。

若い世代の極めて少ない釜ヶ崎で、二十二歳の大輔と二十四歳の僕が打ちとけるのにさして時間はかからなかった。出会って二日後には共に酒を浴び、三日後には共に銭湯で湯を浴び、四日後には共に花街をうろつく仲になっていた。大輔が言うところの深い事情を知ったのは五日目、現場帰りに屋台で安酒を酌み交わしていたときだ。

「おまえ、いつまで釜におる気やねん。俺が言うのもナンやけど、あんまり長居しとるとほんま抜けだせへんようになるで」

「その心配はしてもらわんでええわ。俺にはリミットがあるさかい、ここにおるのは夏休みが終わるまでや」

「夏休みって、なんの」

「大学の」

「誰の」

「俺やて」

「なんやおまえ、大学生やったんか」

これには心底驚いた。

ん」

「大学生なあ。なんや久しぶりに見たかもしらんけど、なんで大学生がこんな所におる

「なんで言われたら言うてまうけど、ゼミの課題を書くためや」

「課題？」

「俺、この釜ヶ崎を題材に小説を書いたるつもりやねん」

意気揚々と大輔が語ったところによると、現在、神戸大学の文学部に通う三回生の彼は、学部内で最もゼミ生の少ない〈プロレタリア文学を読む〉の授業を受けている。受講者は八名、しかもその半数が夏休みを前にして離脱した。「読む」と銘打っておきながら、担当教授が前期の課題としていきなりプロレタリア文学を「書け」と要求してきたせいだ。

形式は自由、枚数は原稿用紙五十枚以上。クラス中を震撼させたこの難題は、しかし、小説家志望の大輔を逆に奮い立たせた。ここはひとつ才気溢れる新時代のプロレタリア文学を創出し、残りのゼミ生に差をつけたい。教授の激賞に浴し、あわよくば出版社のひとつも紹介してほしい。ここに平成の小林多喜二ありと謳われたい。

「ちょい待ち。おまえ、多喜二なんかよう知っとるな」

「前期に『蟹工船』読まされた。あれはあれで悪ないけど、平成には平成のプロレタリ

ア文学がある。俺がこの手でそれを開拓したろ思うたんや」

鼻息荒く彼は舞台を釜ヶ崎に定め、まずは実体験とばかりに丸腰で乗りこんできたというわけだ。

「プロレタリア小説を書くからには、まずは身をもって労働を体験せな。実践躬行ちゅうやっちゃ」

「アホやな、おまえ」

アホはアホでも、大輔は一本芯が通ったアホだった。じきに音を上げるだろうとの予想に反して、彼は夏の間中この界隈に留まり、連日四時起きのセンター通いにもついてきた。冷房どころか冷蔵庫もない三畳一間に寝起きし、がらっぱちのおっちゃんたちにどやされながら体を酷使する日々。大学生のぼんぼんにしてみれば決して愉快な夏ではなかったはずで、現に彼はどこの現場でも辛いの痛いのと泣き言を連発し、「あのヘタレ金髪」として一躍名を馳せた。これで性格が悪ければボコボコにされて追いだされていたところだろうが、大輔は弱音をまきちらしながらも手は休めず、ズルをしたりサボったりはしなかったし、東京五輪や大阪万博を土方で支えたおっちゃんたちへの表敬も怠らなかった。

行政からは〈あいりん地区〉なる名称を押しつけられ、世間一般からは無法地帯なみの劣悪なイメージを植えつけられているこの地へ、職探し以外の目的でやってくる人間は限られているけれど、皆無でもない。フィールドワーク。人道支援。布教。様々な理由から群がってくる好事家たちに共通しているのは、皆が皆、ここへ来れば自分よりも不幸な人間に会えると信じていることだ。

けれども大輔は違った。彼はただ大学の課題を書きたいだけだった。いや、酒場で顔を合わせるたびにそのモチベーションは底上げされ、「どうせやったら文芸誌の新人賞に応募したい」「どうせやったらデビューしたい」「どうせやったら芥川賞とりたい」とアホに拍車がかかっていった。

「どうせやったらノーベル文学賞や！」

この薄っぺらい野心が人生に倦《う》んだおっちゃんたちに微笑みと和み、そして幾ばくかの夢をもたらしたのかもしれない。

「ヘタレ大輔、小説が売れたら家でも買うてや」

「おっちゃんの名前も出すねんで」

「わしは借金取りに追われとるさかい、ひとつ匿名で頼むわ」

おっちゃんたちの声援を一身に背負い、大輔は連日現場で汗を噴いた。仕事にありつけなかった日には酒場へ入り浸り、やはり仕事にあぶれたおっちゃんたちに酒をふるまった。「見るもん聞くもん、まるごと取材や」とばかりに博打場やミュージック劇場へも果敢に進出した。

気がつくと夏が終わりかけていた。

ある晩、彼は日本酒の一升瓶を片手に僕の部屋を訪れ、ささくれだらけの畳にモップ頭を押しつけた。

「礼司さん、ここでの生活、俺はえらいきつかったけど、ええ経験させてもろたと思うとる。体使って働くのはきついけど、なんや生きとる感じがしたわ。そやけど、頭使って小説書いても、正直、何も感じへん。恥を忍んで告白するけど、実はまだ一枚目の出だしで行き詰まってんねん。つくづく俺には向いてへんちゅうんがわかったわ」

僕にも薄々わかっていたため、その告白自体に衝撃はなかったものの、次なる一言には意表を突かれた。

「そやから礼司さん、この通りや。俺の代わりに課題を書いてくれんか」

「はあ？　なんで俺が」

「いっつも本を読んどるやん。それに、昔は作家志願やったって言うとったし」

「誰がや。俺はただ……酔った弾みで、小説を書きたい思うとった時期もある言うただけやんか」

「ほんなら書いてや。原稿用紙五十枚、埋めてくれるだけでもええ」

「五十枚も埋まるかい」

「タダとは言わへん、原稿用紙一枚につき五百円。どや」

結局、最後は金だった。

「落第しても責任取れんで」

「書いてくれるか」

「ひとつ条件がある」

「条件？」

「ワープロ貸してくれひん？」

こうして代筆を請け負った僕は大奮発をして一泊三千円の明るいホテルへ移り、日夜、ワープロの液晶画面と向きあうことになった。

経験値という点からすれば、釜入りをして五年目の僕がこの界隈を舞台に小説を書くのはさほど難しくないはずだった。が、実際に着手をしてみると、小説とは経験ではなく想像力から成るものだ、という事実が重くのしかかってくる。僕は自分の貧困な発想を呪った。語彙の乏しさを、構成力の欠落を、「あほんだら」を「亜本田ら」と変換するワープロの知的レベルを呪った。書いては消し、書いては戻り、書いてはワープロをぶん殴った。文字通り、苦心惨憺の日日だった。

どうにか五十枚の尺を埋め、完、の一字を打つのに要した時間は八日間。計二万五千円の原稿料からホテル代と食費を差し引くと赤字もいいところだった。

「ほんまおおきに。恩に着るわ」

大輔はろくすっぽ目も通さずに原稿を抱えて釜ヶ崎を去り、初秋の神戸へ戻っていった。もう二度とここへは来ないだろうし、来ないほうがいい。彼が本来の居場所へ帰ったことを知ると、おっちゃんたちの誰もがそう口を揃えた。

「帰る所がある人間は帰らなあかん」

「作家になんぞならんでもええ、まっとうに生きたらええ」

しかし、大輔は一年の時を経て再びここへ戻ってきたのだ。僕への新たな小説の課題を携えて。

「早い話、金持ちの酔狂につきあって小説を書いたってほしいんや」

再会の夜、久々に安酒場で酒を酌み交わしながら、大輔からその奇妙なバイトの話を聞いた。

ある個人的な事情から文章を書ける人間を探している男がいる。彼は旧友の大学教授に文学部の学生を一人貸してはもらえないかと相談した。バイト感覚で本を書いてほしいとの突飛な話に戸惑う相手に、続いてこうも言い添えた。条件はひとつ、気骨のある男子学生であることだ、と。

「そこで」と、大輔は僕に額を寄せた。「礼司さん、あんたの出番や」

「なんでやねん」

「そやからその旧友ちゅうのが、俺が去年受講したゼミの教授でな」

「そやなくて、なんで俺の出番やねん」

「鈍い人やなあ。教授はな、礼司さん、あんたをその男に紹介したったらどうやと思うたわけや」

だからなんで俺が、とくりかえそうとして、はたと思い当たった。

「アレか」

「そらアレやろが」

「そやけど、あの課題はおまえの名前で……」

「それが、実はひとたまりもなく代筆やってバレてしもてん。出来がよすぎたせいや」

意外な言葉に盃を運ぶ手が止まった。

「ほんまの話、礼司さんの小説……『釜の花』やっけ？　あれ、うちの教授から絶賛されてん。ゼミの課題とは思えんほどようできとる、テーマも個性的やし、えらい筋がええって。そやけど、それはおまえの個性やない、誰に書いてもろたんやって詰めよられたわ。やっぱり教授はアホちゃうのう」

僕は無言のまま盃を貫くヒビを凝視し、親指の腹でそれをなぞった。あの小説が大学教授に誉められた？

「ま、話のわかる教授やし、それでも単位はくれはったけどな。そやけどその教授、礼司さんにえらい興味を持ったらしいて、『釜の花』を書いたんはどんな男や、何しとるんやってめっちゃねちこいねん。面倒やから、釜ヶ崎で出会うた作家の卵や、ちゅうて適当に言うといた」

「誰がなんの卵やねん」

「そやから適当に言うただけやて。俺もそのまま忘れとったくらいやねんけど、教授は憶えてはったんやな。例の男に言うたったらしい。気骨のありそうな男を紹介してもええけど学生ちゃう、釜ヶ崎で働いとる作家の卵や、と」

釜ヶ崎で働く作家の卵。なるほど、聞きようによってはいかにも気骨ありげに響きそうでもある。事実、その男は二つ返事で是非とも紹介してくれと頼みこんだのだという。

「なんやけったいな話やな」

「そやけど、悪い話やない。礼司さん、イーストホテルって知っとる？」

「なんやの、急に。あの有名なホテルチェーンやろ」

「じゃあ、ウエストホテルは？」

「聞いたことはある」

「イーストホテル社長の次男坊が、何年か前、関西で新しいホテルチェーンを興した。それがウエストホテルや。俺が言うとる男ちゅうのは、その次男坊、つまりはウエストホテルの社長のことやねん。当然、どえらい金持ちで、小説の報酬にも糸目はつけん言うとるらしいで」

僕は銚子を逆さに振って底に残った数滴を盃に落とし、もう一本、とボロ板みたいなカウンター越しに呼びかけた。店の親父は無表情にこちらを見据えるばかりで微動だにしない。ポケットから千円札を出してカウンターに載せると、ようやく魂をリセットしたように動きだした。この界隈では見せ金なしには客に酒も出さない店が珍しくない。

「な、礼司さん。一遍、その社長に会うだけ会うてみんか。どうせ金持ちの道楽や、ちゃちゃっと適当に書いたったらええわ」

「金持ちの道楽か。ええなあ、金持ちちゅうのはいろんな金の使い道を持っとって」

「ほんまやな」

「そやけど、ホテルの社長が一体どんな小説を書けちゅうんかいな。よう暇なじいさんが自叙伝書いて自費出版しよるやろ。あれと同じノリやろか。ウエストホテル物語？」

「基本はそのノリちゃうんか。そやけど一個、違うとる。その社長が礼司さんに書いてほしいんはホテルの話でも自分の話でもない、女房の話や」

目が合うと、僕の困惑を受けとめたように大輔は頷いた。

「ワレの女房を主人公にしてくれ、ちゅう話やねん」

3

二日後の朝、僕は神戸へと走る自転車の上にいた。

朝の七時に釜ヶ崎を発ち、四つ橋筋を北上してミナミからキタへ。阪神高速をくぐって淀川を渡り、あとはひたすら国道二号線を直進。短い距離でないのは承知の上だった。が、実際に自転車を走らせてみると想像を超えてその道のりは長く、尼崎《あまがさき》へ差しかかった頃には電車賃をケチったことを早くも悔やみはじめていた。

大阪の街は濃い。建造物の数は似たりよったりでも、神戸へ近付くにつれて確実に何かの密度が薄れていく感触がある。大地が蓄えた「ごてごてしさ」が取り去られてクールダウンしていくような。

とはいえ、ペダルを漕ぎ続ける体は走行距離と比例して加熱し、滴る汗で濡れそぼっていく。粘り気を帯びてきた五月の陽の下、車が吐きだす排気ガスにまみれて両足を交互に踏んばっていると、自分の体が古びた機械のように軋みを上げていく気がする。息が乱れる。目が眩む。ふくらはぎが痙攣する。気力が尽きかけるたびに、僕はこれまで経験した重労働を想起し、これしき、と奥歯を嚙みしめた。

四十度近い真夏日、高々とそびえる鉄塔の上で務めた塗装作業。

底冷えの激しい真冬、氷点下の倉庫内で延々続いた冷凍食品の運搬。

胡散臭い事務所の引っ越し要員として〈落とすな危険〉のダンボールを運び続けた三日間。

体が地底へ沈むようなあの疲労困憊を思えば、大阪から神戸まで自転車を走らせる程度はガキの使いも同然だ。しかも、もしもこの使いが成功すれば、僕は汗なくして多額の報酬を手にすることになる。

「大輔、来たで」

神戸に到着したのは九時すぎ、大輔が一人暮らしをする部屋はJR六甲道駅のすぐ側にあった。正面玄関とエレベーターとのあいだにエントランスなる洒落た空間を挟んだ十一階建てマンション。その七階の２ＬＤＫを訪ねた僕の汗に大輔はまずぎょっとし、自転車で来たと知って二度ぎょっとした。

「釜ヶ崎から自転車で？　考えられへん」

「俺も考えられんかったわ、同じドヤにおったおまえが、こんなええとこに住んどるとはな」

「一人で暮らしてみたい言うたら、親が勝手に借りてしもただけや」

「やっぱりええとこのぼんぼんやん」

なにが平成の小林多喜二だと笑い飛ばし、シャワーを浴びてから大輔に借りたポロシャツとパンツに着替えた。埃まみれのＴシャツと短パンでバイトの面接に臨むわけにもいかない。

久々にコインシャワー以外の場所で全身を小綺麗にした僕は、大輔が温めてくれたインスタントカレーで腹ごしらえをし、約束の時間に合わせて十時半には家を出た。例の社長宅がある芦屋までは電車を乗り継いで二十分。僕は自転車で行く気だったが、身元保証人として同行してくれた大輔に一蹴された。

「なにが悲しいて男の二人乗りやねん」

「おる、おる。時々見るで」

「芦屋にはおらん」

確かにいなかった。初めて足を踏みいれた芦屋は釜ヶ崎の対極にある街だった。豊かで、匂わなくて、しんとしている。連なる邸宅の屋根は上品に低く、飼い犬も野良猫も肥えている。庭に実った野菜や果物をそのままにしておけるのは、この町には腹をすかせた人間など存在しないという自信の現れか。

大使館ばりの鉄柵に囲まれた訪問先には、加えて池の鯉もいた。インターホンで名を告げた大輔の前で正面の鉄門が仰々しく開くと、雑木林のような一角には鳥小屋まで見えた。動物園そこのけの巨大な網の中で無数の鳥が羽を休めたり動かしたりしている。鉄門から無数の防犯カメラを経て玄関へ到着し、再びインターホンを鳴らした僕たちが通されたのは一階の応接室だった。間もなく参ります、と無愛想に言い置いて家政婦らしき女が立ち去ると、僕と大輔は同時にぐるりと室内を見回した。バロック様式というのか、ロココ様式というのか、アールヌーボーというのか。正直さっぱりわからないのだが、要するにフレンチレストランのような内装だ。淡い斑紋を浮かせた大理石の床上に大小様々なテーブルが配され、赤いヴェルヴェットのような生地を張った椅子がそれらを囲んでいる。金の刺繍が織りこまれたカーテン、巨大な鏡、壺、彫刻、金時計。一体このひと部屋にいくらの金を投じているのだろう。今にも黒服のギャルソンが現れ、お食事の前に一杯いかがですかと迫られかねない佇まいだ。

しかし、目に沁むような金の扉から現れたのはギャルソンではなく、四十そこそこと察せられる長身の男だった。

「この部屋になんぼの金をかけとるんや、思うとるでしょう」

開口一番に男は言い放ち、呆気に取られる僕を皮肉るでもなく快活に笑った。

「お客様は大抵そないな顔をしはります。そのたびに私は白状せなあかんのですわ、あいにくここにあるのは安物のB級品ばかりやて」

「安物ですか」

「無論、そうは見せへんのがうちの商売です。ウエストホテルのコンセプトは、チープ・ルネッサンス。なるたけコストを抑えてお客様にええ夢を見てもらうちゅうのがモットーですわ。たとえばこの壺かて持てば軽いから安物やとわかりますけど、中に重石入れておいたらわからへん」

まんざら冗談でもなさそうに言いながら足下の壺を爪で弾く。確かに安っぽい音が鳴る。

「そやけど、ただ安いだけやない。限られた予算内でどれだけの夢を提供できるんか、私はそこに賭けとるんです。実はこの応接室、モデルルームとして毎月内装を一新しとりますねん。まずは自分の身をもって体感するのが一番ですからな。正直、今月の部屋はぎんぎらしすぎとる。ええ夢見られるんは三十分がせいぜいで、すぐに目が痒なってきますわ。そう思わはりませんか」

のちに大輔はこのとき彼が金色のネクタイをしていたと言い張ったが、実際のところはノーネクタイで、スーツも地味なグレイの上下にすぎなかった。顔の作りも決して派手ではない。重たげな奥二重。鼻翼の狭い鼻。薄い唇。個々のパーツは然るべきところに行儀よく収まっているものの、パッと目を引く華はない。

にもかかわらず、彼はやはり相対する人間を惑わす金色のネクタイ的な光を放っていた。一瞬にしてその場を輝やかし、自身の色に染めあげる光。釜ヶ崎ではとんと見かけたことがない。これがオーラというものか。

「はあ。言われると、確かに痒なってくる気がします」

その気になりやすい大輔が目をこすると、男は「ほんまかいな」と一笑し、僕たちの前まで進み出た。

「改めまして、二谷啓太《にたにけいた》ちゅう者です。今日はわざわざ大阪からご足労をおかけして、すみません。あんじょう、よろしゅうお頼みします」

起立しようとした僕たちを制し、慇懃《いんぎん》に名刺を差しのべる。

〈株式会社ウエストホテル 代表取締役社長　二谷啓太〉

　あのイーストホテル社長の次男坊が起業したとの話題性も手伝い、関西に拠点を置いたウエストホテルが目下注目を浴びていることは大輔から聞いていた。バブル崩壊の波紋があまねく企業へ及ぶ中、ウエストホテルは米国のファミリーレストラン方式を取りいれた低コストのホテル運営に成功し、着実に店舗数を増やしているという。

「初めまして、甲坂礼司と申します」

　大輔がワープロで作ってくれた僕の名刺には、仮の連絡先として大輔の住所と電話番号が印字されていた。服も住所も借りものだらけだが、釜ヶ崎のドヤを連絡先に指定するわけにもいかない。

「これはこの友達の住所ですけど、何かあったらこちらに連絡してくれはりますか」

　我ながら怪しい身の上ながらも、二谷社長は心得顔で名刺を受けとった。

「甲坂さん、いきなりナンやけど、住所もないあんたに私がこみいった頼み事をするのはなんでや思います？」

　眼光鋭く問われ、さあ、と首を捻った。

「木之下《きのした》の推薦だからですわ」

「木之下？」

「ああ、木之下先生」

　僕と大輔の声が重なった。

　社長が思い出したように大輔を振りかえる。

「そか、あんたが木之下の教え子か」

「あ、はい、初めまして。藤谷《ふじたに》大輔、申します」

「甲坂さんに代筆頼んだ学生さんやな。木之下が言うとったわ、なんやそそっかしいけどおもろい学生で憎めへんと」

「はい、木之下先生もおもろい教授です」

「そらそうや。大学の頃からあんな変人、他には一人とおらんかった」

　二谷社長曰く、大学時代に経済学部一の切れ者として知られた木之下教授は、高度成長期にあった当時にして突如「資本主義はあと五十年で末期を迎える」と宣言して退学届けを提出。その後、百八十度方向を転じて文学の道へ進み、今では戦前昭和時代の文学研究者として一目置かれているのだと言う。

「私らからしてみたら、となりの畑で異質な花をつけとる苗木みたいなもんですわ。それやのに、あいつはいまだに私ら旧友のご意見番みたいなところがあるんです。変人は変人やけど、木之下は不思議と慧眼《けいがん》ちゅうのを持っとる。今から思えば日本経済に見切りをつけたのも、あのアホみたいなバブルとその崩壊を予見してのことかもしれません。人を見る目もぴかいちで、あいつが認めた男は大抵大物になっとります。これは自慢やねんけど、今、大阪府の副知事をやっとる大城《おおしろ》ちゅう男も、当時の仲間の一人なんですわ」

「わ、副知事ですか」

大輔の素直な反応に社長が口元を緩ませた。

「甲坂さん、だから私は木之下の眼鏡に適ったあんたを信頼しとるんです。見たとこ気骨もありそうやし、今は作家の卵でも、将来は大文豪かも知れんしな。こんなええ人を紹介してもろて、うちの女房も果報者や」

早くも気が滅入ってきた僕の目の先で、そのとき、金の扉が再び音を立てた。社長夫人の登場かと思いきや、コーヒーを運んできたのはさっきの無愛想な家政婦だった。

「女房はここにおりません」

家政婦が去ると、僕の落胆を見抜いたように社長が言った。

「わざわざ足を運んでもろてほんまにすまんけど、あいつはここんとこ三宮のほうに居着いとりましてな、ちっとも帰ってこんのです。今日は必ず来いちゅうとったのに、けろっとすっぽかされました。さっき電話したったら、マニキュアがなかなか乾かんから動けんのどうのとデタラメぬかして、ほんまにあかんやっちゃ」

注意深く耳を傾けると、二谷社長の言葉には神戸弁とも大阪弁ともつかない独自のイントネーションがある。意外と元は関東の出なのかもしれない。

「その代わり、今夜は必ず連れてきますから、改めて紹介させてもらえませんか」

「今夜？」

「元町にあるうちんとこのホテルでパーティーがあるんです。懇意にさせてもろとる筋の会やさかい、私も女房連れで顔を出す予定やねんけど、よければ甲坂さんにもホテルへ来てもろて、パーティーのあとで女房に紹介させてもらえたら、と。まずはヒロインに会うてもらわな話になりませんさかい」

この急な誘いもさることながら、彼の中でこのバイト話が既に成立している様子に僕は戸惑った。

「あの、その前にもう少しお話を聞かせてもろてもええですか。その、二谷さんがどんな小説を希望してはるのかとか」

「女房の人生を小説にしてほしい。私の希望はそれだけです。えらい簡単すぎますか」

社長が長い足を組み替えて笑う。

「ほんまは女房が自分で書くのが一番やねんけど、あいつは学校の作文もまともに書けんかったらしいて、原稿用紙の枡にある溝を見るだけで気分が悪なる言いよって」

「失礼ですが、そもそもなんで小説を？」

「自費出版を考えとります」

やっぱり、か。通り一遍の理由に軽く失望した僕に、しかし、二谷社長は言葉を重ねた。

「会うてもろたらわかるやろけど、うちの女房は一風変わった女で、個性的ちゅうのかエキセントリックちゅうのか、そうそうおらんタイプです。結婚前はキタでホステスをしとりました。そこで知り合うて、なんやブレーキが壊れたみたいになって、あっという間に結婚ですわ。家族や親戚には猛反対されましたけど」

「電撃結婚ちゅうやつですか」

「まさしく。今から思えば当時はあいつのことをなんも知らんで、友人らが企画してくれたお披露目パーティーでも、新婦の紹介は『竹から生まれた』の一言やったんです。幹事が打ち合わせで何を聞いても、女房はふざけてデタラメ並べるばかりで、ちっともまともに経歴を語ろうとせんで」

「それで竹から生まれたと」

「かぐや姫ほど美しゅうはありませんけど」

しんとした部屋に社長の乾いた笑いが響いた。

「そやけど、そのあとだんだん女房の人生が垣間見えてきて、これがなかなかに波瀾万丈ちゅうか、破天荒ちゅうか……。幼い頃に父親を亡くして、母親はそのあと再婚しとるんですけど、その相手があの桜川一郎《さくらがわいちろう》なんですわ。ええ、関西じゃ知らん者はない難波のパチンコ王です。ちゅうても、女房はとうの昔に家出しとるし、今でも母親のことを毛嫌いしとる。桜川にしても名前を聞いただけで怒りだすくらいやから、なんや軋轢《あつれき》があるんでしょうな」

そのあたりの事情については自分も多くを知らないと社長は認めた。過去は過去として割りきり、別段気にもしていなかった、と。

「そやけど最近、思うんですわ。せっかく女房がかいくぐってきた山あり谷ありの人生を、こんな無頓着にほかしておくのも勿体ないんやないかって。小説みたいな人生とか言いますけど、あいつの人生ほどおもろい小説になりそうなんはそうそう他にない。女房は私のまわりでもちょいと評判の女ですし、いっそほんまに小説にして、みんなにも読ませたったらどうやと思うたわけです。話題になること間違いナシや。どうです、甲坂さん、ひとつ協力してくれはりませんか」

社長がまた長い足を組み替えた。彼の語調には淀みがなく、心地よく流されてしまいたくなる律動がある。が、語られている内容自体は相当おかしな話だ。

「あの、奥さんは人からあれこれ訊かれるのが好きやないんですよね。それやったら、一体どないして小説を書いたらええんですか」

「そこは心配いりません。女房はかなりの気分屋ですし、気に入った相手にやったら調子に乗ってぺらぺらしゃべるかもしれへん。要は甲坂さん次第です」

「そう言われても、会うたこともない人の人生なんて、なんや恐ろしい気もします」

「恐ろしい？」

「人の一生なんぞ、知らんほうがええことも多いんちゃいますか」

「何を知ろうが私はびくともせんです、甲坂さん。私はむしろ女房の経てきた紆余曲折を讃えたい、ぬくぬく生きてきた連中にあいつの凄みを見せつけたりたい思うとりますねん。そやから、どうか遠慮せずに事実を事実のまま、へんな美化はせんで書いてくらはるようにお願いしますわ」

「それやったら」と、横から大輔が口を挟んだ。「事実にこだわりはるんやったら、小説よりもノンフィクションやないですか」

「そらノンフィクションかてええけど、木之下から言われたんですわ。甲坂さんにお願いするなら小説や、そのほうが断然おもろい、と。それで今回は小説ちゅうことになったわけです」

「今回は？」

「いや……ともあれ、こうしてお話をしとるうちに、私はますます甲坂さんにお願いしとうなりました。あんたの書いたもんをぜひとも読んでみたい。で、肝心の報酬やけど……」

不自然な飛躍にはどこか引っかかるものがあったが、次の一言を聞いた瞬間、全てが頭から吹きとんだ。

「ぶっちゃけ、三百万でどうやろか」

三百万。鳥肌ものの額に惚《ほう》ける僕のとなりで、大輔が息を呑みこんだ。

「まずは前金として百万、残りの二百万は小説が完成してからや」

大輔が唾を呑みこんだ。

「できがよければ報奨金も弾みますさかい」

大輔が吐息した。それは羨望というよりもうますぎる話への猜疑を含んだものだったが、かまわず僕は食いついた。

「やらせてもらいま……」

最後まで言う前に社長は腰を上げていた。

「ほな早速百万、持ってってもらいましょか」

小説の枚数は原稿用紙にして二百枚前後。内容は二部構成にし、一部は主人公の生い立ちから少女時代に、二部は成人後に焦点を当てる。進捗状況《しんちょく》は逐一報告し、まずは一部の見通しが立った段階で筋書きを提出。締切については三ヶ月以内との指示を受けるも、僕にはそれが長いとも短いとも判断がつかなかった。

情けない話、二谷社長から札束入りの封筒を渡されて以降の僕はまるでふやけた夢の中でも漂っている気分で、まともな思考が働かなくなっていたのだ。僕の脳内では百万円の1や0が孵化《ふか》したてのヒヨコのようにもぞもぞと蠢《うごめ》き、他の何かを考えようにも1や0が邪魔をする。1000000。首に巻きつけてぬくもりたいほど長いゼロだ。その上、無事に小説を完成させた暁にはこれが三倍になるという。僕の横では大輔までが瞳の焦点を失っていて、気がついたときには社長は既に退席していた。

ようやく我に返ったのは、無愛想な家政婦に見送られて二谷邸をあとにする直前だった。

「ここの奥さん、いつから三宮に移ってはるんですか」

ふと思いたった僕は家政婦に尋ねた。その瞬間に自覚が芽生えた。バイトは既に始まっている。

「二年くらい前ちゃいますの」

「その後はずっと三宮に？」

「衣替えのときだけ帰ってきはりますけど」

「結婚しはったのはいつでしたっけ」

「三年ほど前ちゃいますか」

「ほな、一年しか一緒に住んどらんやん。どないな奥さんなんやろか」

「どないもこないも……」

家政婦は鼻孔を膨らませ、荒い息を吐きだした。立てつけの悪い扉の一枚や二枚なら軽く吹きとばせそうな鼻息だった。

「あかん女や」

4

百枚の万札は玄関を出てすぐ、庭の立木に隠れて腹巻き型の貴重品入れに収めた。海外旅行者がよくパスポートなどを入れておくアレだ。衣服の下にあるので傍目には見えない。どれだけ用心深い人間がこんなものを使うのだろうと以前はバカにしていたものだが、釜ヶ崎に住んだら笑えないほど普通に金が盗まれる日常があった。日雇い仕事で貯めた金は衣類や手放せない本と共に月極《つきぎめ》のロッカーへ保管し、最低限の生活費だけをメッシュの腹巻きに忍ばせる。仕事中も睡眠中も決して外さない。そんな生活を続けて六年になるけれど、かつてこんなにも腹の重みを意識したことはなかった。

百万円。こんな額を初対面の人間にぽんとくれてやる社長とは、果たしてどれだけの金持ちなのか。

疑念はあったが、高揚がまさった。

しかし、大輔は冷静だった。

「俺から持ちかけたバイトやけど、どうもこの話、俺はきな臭い思うねん」

六甲道のマンションへ帰るなり、僕と大輔のあいだではこの件をめぐる一悶着があった。

「あの人の言うとること、俺にはさっぱりわからへん。世の亭主ちゅうのは、普通、女房の過去なんぞ恐ろしゅうて知りとないもんちゃうんか。ましてや人に読ませるやなんて、えらい悪趣味な話やん。そもそもあの人、礼司さんのことをなんも聞かひんかったやろ。己のことしか話さんかった」

「金持ちちゅうのは金持ち以外の人間に興味を持たんのや」

「そやけど、小説を発注するんやで。あの人の奥さんを主人公にするちゅうことは、夫婦のプライバシーに踏みこむことや。大企業の社長がどこの誰ともわからん男にそないなことを許すやろか。礼司さんに秘密つかまれて強請《ゆす》られでもしたらどないするねん」

「ヤクザにでも始末させるんちゃうの」

「礼司さん、それ洒落にならんで。ウエストホテルは買収、買収でのしあがってきた会社や。陰ではえげつないこともしとるやろし、どんな裏社会と繋がりを持っとるとも知れん。何も三百万ぽっちのはした金でこないな危ない橋を渡らんでも……」

「どこがはした金や！」

ダイニングテーブルでサッポロ一番塩ラーメンをすすっていた僕は、衝動的に箸を叩きつけた。同時に、椅子を蹴りあげて大輔につかみかかり、開襟シャツの胸ぐらを捻りあげる。

「三百万のどこがはした金や。千円の金がなくてのたれ死んどるおっちゃんがなんぼいよる思うとるねん。ラーメンの塩味買うとるガキに何がわかるか、ドアホ」

怒りにまかせてどやしつけるも、大輔は怯《ひる》むでも抗するでもなく、きょとんと首を傾けた。

「なんで塩味はあかんの」

「あ？」

「ラーメンの塩味を買うたらなんであかんの」

「なんでもなんも、同じ値段なら、そら味噌味やろが。塩より醤油より、味噌がいっちゃん腹持ちする気がするやんか。七味かて入っとるから、得した気にもなるやんか」

「塩味にはゴマが入っとるけど、ま、ええわ。それやったら次から味噌味買うとく」

「ほんま？」

「そやけど今日のところは塩味を食うとこな。のびてまう前に」

「そやな」

気勢を削がれた僕の手が大輔の胸ぐらから滑りおちる。

と、その拳を眺めて大輔が言った。

「礼司さん、左利きやったっけ」

僕はとっさに拳を下げた。

「いや、両利きや」

「両利き？」

「右も左も使える」

「器用やなあ」

高額バイトをめぐる一戦はこうしてフェイドアウトし、大輔はそれ以上、この件を追及しようとはしなかった。かといって納得したわけでもないらしく、塩ラーメンで腹の膨れた僕が三時間の昼寝から目覚めると、静まり返った部屋には短いメモと合い鍵が残されていた。

〈礼司さん、悪い。ちょいと出かけて、今夜は外泊します。

礼司さんも遅くなるやろから、今夜はうちに泊まっていき。

一緒に行けへんで堪忍な。　　　大〉

そんなわけでこの夜、元町のウエストホテルへは一人で馳せ参ずることになった。

午後九時。指定されたホテル一階のラウンジに二谷社長の姿はまだなく、僕は桜色のクロスを敷いた円卓で彼とその妻が現れるのを待った。斜め後方にグランドピアノが鎮座している席だった。天井一面には色鮮やかな女神や天使たちの戯れが描かれ、水飛沫《しぶき》のようなシャンデリアがそれを一層に照り輝かせていた。

チープ・ルネッサンス。芦屋の応接室にしてもこのラウンジにしても、センスの程は僕には判断がつかない。しかし、ウエストホテルが実体のないふわふわとした華やぎを付加価値として取りこむ術に長《た》けているのは伝わってくる。

これまたチープな味わいのコーヒーを時間をかけて飲み干しても、待ち人は依然として現れなかった。やむを得ずおかわりし、今度はもっと時間をかけて大事に持たせることにする。読みかけの文庫本を持っていないのが悔やまれた。

「羽田内閣もいよいよやばいな」

「近いうちに総辞職だろうね。自民党は与党復帰をかけて、今ごろ必死だな」

「今度はどことどこがくっつくんだか」

「どことくっついたって景気は当分回復しそうにないけどな」

隣席で中身のない会話をしていた関東のビジネスマンらしき二人が拍手を始め、何かと振りむくと、青いドレスの女がグランドピアノの前にいた。勿体つけた調子で椅子にかけ、ぽろんぽろんと弾きだす。聴いたようなメロディだが曲名はわからない。隣席の二人は早くも興味を失ったようだ。

「そういえば、さっき浪崎矢須夫《なみさきやすお》がいたよ、そこのロビーに」

「自民の？　今、失地回復に一番燃えてるはずの黒幕じゃん」

「また上の階で政治家のパーティーでもやってるんじゃないの」

「ここ、そういうの多いよな。ウエストホテルの社長、政治家と芸能人が大好きって評判だし」

失礼します、と黒服の給仕がグラスに水を注いでいった。氷は既に溶けきっていて跡形もなく、カップを見ると二杯目のコーヒーもいつしか空になっている。せめて二杯目の水だけはゆっくり飲もう、と思った矢先に一気飲みをしていた。

どうもおかしい。頭と体がうまく連動していない。

緊張しているわけではない、と僕は自己診断ののちに結論を下す。しかし、不安に駆られているようだ、と。怯《おび》えている、とも言い換えられるかもしれない。

政治家と芸能人が大好きらしい二谷社長に怖じけづいたわけではない。ましてや社長夫人との初対面に臆しているわけでもない。問題は、僕自身の現実だった。

これまでの六年間とは大きくかけはなれた今日という一日。大輔の住む高級マンションでシャワーを浴びながら落ちつかなかった。整然とした芦屋の町を歩きながら落ちつかなかった。舞踏会でも始まりそうな二谷邸の応接室でも落ちつかなかった。二度目に大輔のマンションを訪ね、塩ラーメンをすすったときには少し落ちついていた。きらびやかなホテルのラウンジでグランドピアノを聴いている今も、実は結構、落ちついている。落ちついている自分に落ちつかない。

僕は急速にこの世界と馴染みつつある。釜ヶ崎へ流れつく以前に僕がいた日常への同化が進行している。もはやここに僕の居場所はないのに。

優雅な音色を振り払うように首を揺すった。強く瞼を閉じ、再び開いた。

この目が二谷結子を捉えたのはそのときだった。

「あ」

声にならない声が洩れた。

まるで天井画の女神が舞いおりてきたかのようだった。

悪い意味で、そのくらい彼女はこの空間から浮いていた。

まずは非人間的に濃い化粧。瞼の上、頬、唇、全てのパーツに幾重にも色が塗り重ねられ、もはや何色なのかもわからないままてらてら光っている。粉の浮いた肌は白すぎ、睫毛は濃すぎるし長すぎる。唇は赤すぎる上に口紅が半分はがれている。白目が赤く濁っているのは酒に酔っているためらしく、僕のテーブルに近付いてくる足取りもおぼつかない。必要最低限の布であつらえたような黄色いドレスの胸元には金のスパンコールがちりばめられ、スリットからは肉感的な太股が覗いていた。

美化はするな。二谷社長の命に忠実たるならば、彼女は見るからに猥雑だった。醜悪といってもよかった。それが僕を落ちつかせた。

「あんたか、作家の卵ちゅうんは」

椅子から立った僕の前で結子が止まった。一パック二百円の卵でものぞきこむような目つきだった。

「初めまして。甲坂礼司です」

「二谷やったら来いへんで」

「え」

「政治家がうようよおる夜に、あの男が抜けだしてくるわけがない。セッティングだけしてあとは勝手に、ちゅうやっちゃ。ほんま迷惑な話やわ」

僕の向かいに腰を沈めた彼女は給仕を手招いてシャンパンを注文した。呂律《ろれつ》の怪しいその声に眉をひそめた給仕も、この派手な女が社長夫人と気づくが早いかハイッと妙なスタッカートをきかせて厨房へ飛んでいった。

「あんたもシャンパンつきあわへん?」

「いや、帰りの運転がありますさかい」

「あんた、車で来てはるの」

結子の瞳が初めて僕をまっすぐに捉えた。

「ええ、まあ、車ちゅうんか……」

「それやったら、うちを送ってくれへん？　タクシーなんか待ってられへんねん」

社長夫人たるもの、パーティー後は招待客が全員帰るのを見届けてからタクシーに乗れ、間違っても乗車待ちの列になど並んではいけないと二谷社長から釘を刺されているのだという。

「ハイヤー使うたらええんちゃいます？」

「アホ言わんといて。ハイヤーの運転手ちゅうんは、全員、社長のスパイやで」

「はあ」

「な、あんたの車で送ってくれるんやったら、小説に協力したってもええで。あんた、うちの小説を書かなあかんのやろ」

悪びれもせず人の弱みにつけこんでくる。僕は呆れてその顔に見入り、厚化粧に塗りつぶされた素顔を想像しようとして、諦めた。

「な、送ってくれるの？　くれへんの？」

注文したシャンパンも待たずに腰を浮かす結子に、半ば投げやりに僕は言った。

「僕の愛車でええんやったら、どうぞ」

そしてまた猛烈に後悔するはめになった。

元町から三宮まではわずか一駅、女一人を乗せていく程度は訳ないものと考えていた。しかし、詳しく聞くに結子の別宅は三宮というよりは北野の領域で、つまりはあの致死的な急坂を上りつめた先にあったのだった。

世の中にはどれだけ力を尽くしてもどうにもならないことがある。北野の急勾配における自転車の二人乗りもそのひとつだと僕は思う。これはもう体力や精神力ではなく、筋力の問題だ。体の構造からしてありえない。

途中までは意地と勢いで突き進んだ僕も、「相当きつい傾斜」から「抜きさしならない角度」へとレベルアップした交差路を境に、びくともしないペダルから足を降ろした。

「ここからは歩いてもろてええですか」

結子は文句を言うでもなく黙って自転車の荷台を降りた。こいつが僕の愛車です、と僕がホテルへ横付けした自転車に動じることなく身を預けたときと同様に。

自転車の荷台で一度も口を開かなかった彼女は、ヒールを鳴らして北野の坂を上りだしてから無言のままだった。風呂上がりに巻いたバスタオルみたいなドレスを風になびかせ、時おり、ふうと息をつく。傍目には飲み屋の女が酔いざましにぶらついているように映るだろう。

その後ろ姿を追いながら、僕はさっきまで背中に受けとめていた感触を反芻していた。自転車の荷台で彼女はなんの躊躇もなく僕の腰を抱き、背中に顔をうずめた。男に肌を寄せることに慣れた女の気配がした。

「寒ないですか」

僕の呼びかけに振りむいた顔にも、大企業の社長夫人らしからぬ浮薄な艶笑が張りついている。

「風が気持ちええ。おかげで酔いも醒めたわ」

「ほんまに?」

「そやけどアレやな、あんた、力持ちやねんな。まさかここまで漕ぎつけるとは思わへんかったわ」

取りつく島のなかったホテルでの第一印象とはだいぶ違う。僕は一瞬ぼうっとし、慌てて「なんも」と目を逸らした。

「足腰は丈夫にできとるし。そやけど、この坂はかなわんな。特にチャリはあかん」

自然とタメ語がこぼれるも、結子は気にする風もなかった。

「チャリやなくてもきついわ」

「ほんまや。あんた、ようこんな高台に住んどるな」

「いつもは車で動いとるから、自分の足で上るのはうちもこれが初めてや。こんな急な坂とは知らんかった」

「歩いたことないんか」

「うち、九センチ以下のヒールは履かひん主義やねん。こんなヒールで坂なんか上れへんやろ」

その証拠を示すように、彼女はてかてか光る紫のハイヒールを脱ぎ、両手につかんで振りかざした。

あ、と頭上を仰いだときには、既に片方が宙を舞っていた。時間差で放たれたもう片方も坂下めがけて紫の弧を描き、民家と民家のあいだへ吸いこまれていく。

その両方が見えなくなってからも、僕は眼下に広がる坂下の光景から目を離せずにいた。視界の下半分を塞ぐ屋根の向こうには市街のネオンが瞬き、更にその先には海を照らす船明かりが点々と灯っている。

「これでなんぼも歩きやすなった」

神戸の夜景など目もくれない後ろ姿は、ヒールを失ったせいか急に小さく、幼くなったようにも感じられた。

「あの靴、いらんの?」

「いらへん。だって、悪趣味やん。黄色いドレスに紫のパンプスやで。あんた、どう思う?」

「どうって……それやったらなんで選びはった?」

「悪趣味やからや。二谷に呼ばれたパーティーは、うんとギンギラしていくねん。そのほうが二谷が喜ぶし」

「喜ぶ?」

「異端児を気取るのが好きやねん。二谷が出るようなパーティー、うちはこれっぽっちもおもろないけど、これも別居の条件やからしゃあないわ」

「なんで一緒に住まへんの?」

「芦屋のあの家、むずむずするねん。無駄に大きくて、仰々しくて。二谷は仕事、仕事でちっとも帰らんし、おもろないからうちもあちこち遊び歩いとったら、家政婦が四の五の言うようになって。むしゃくしゃするから家出したった」

「そういやあんた、実家からも家出しとるそうやん」

「昔むかしな」

「あんたのおかん、パーラー桜の桜川一郎と再婚したんやって？」

調子に乗って踏みこむと、結子はさすがに気色ばみ、

「なんやの、あんた。なんの了簡で人んちのことに首つっこむん？」

声を荒げたと思いきや、ふっと凪《な》いだ瞳に戻った。

「あ、小説書くためか」

ころころと表情が変わる。酔っているのかと思うと醒めている。

「あんた、大学教授の推薦なんやて？　あんたなら間違いない、四度目の正直やって二谷も期待しとったで」

「四度目？」

「三人で懲りた思うとったのに、へこたれへんな」

「話が見えんのやけど」

「そやから、あんたで四人目やねん、二谷が雇った作家の卵」

けろりと言われ、危うくつんのめりかけた。延々続く急坂は更に角度を上げて、僕の足はもはや二本とは思えないほど重く、制御しがたくなっている。自転車を抱えあげるように運ぶ腕にも痺れが走り、全身ギブアップ状態だ。

「四人目って……なんや、それ」

それでも余力を振り絞り、僕は体勢を立て直した。

「そやから、二谷が雇った作家の卵たちや。三人とも根掘り葉掘り人のこと聞いてきたわりに、結局、なんも書かんかった。別の卵と入れ替わって、それきりや」

「なんで」

「二谷がクビにしたんやないの」

「クビって、なんで」

「知らんけど、あの三人じゃ兄嫁には勝てへん思うたんちゃう」

「兄嫁？」

「えらいインテリ女やねん」

ますます話が見えない。

「二谷に聞いてへんの？」

半歩先を行く結子が振りかえり、混乱する僕をからかうように笑った。彼女の息も乱れている。

「二谷の兄嫁は去年の冬頃に回顧録を自費出版してん。生まれ育ったロンドンの思い出やの、帰国後のカルチャーショックやの、アイデンティティがどうたらやの、いかにも帰国子女が書きそうな内容やねんけど、もともと兄弟仲が悪い二谷はそれが癪やったんやろな。なんでこんなもん送りつけてくるんや、嫁自慢か、ちゅうてえらい剣幕で。それからや、二谷がうちの本も出したる言いだしたんは」

しばし絶句したのち、要するに、と僕は力なく呟いた。

「自費出版は兄への対抗ちゅうわけか。そのために小説家の卵を何人も？」

「人のやらんことをやるのが好きな男やねん。でも、大抵はうまくいかん」

一気に脱力した僕は足を休めた。とたん、汗でぬめった掌からハンドルが滑り、夜陰に物騒な濁音が響いた。自転車が急勾配の斜面へと傾き、立て直そうと焦るも遅かった。地面の上で瀕死の獣さながらに空回りする車輪の前に僕はしゃがみこんだ。一旦体をかがめたが最後、もう二度と直立歩行などまっぴらだという気分になる。そもそも僕はこんなところで何をやっているのか。

「なあ、その自転車やけど」

その声に振りむくと、結子が僕の横で膝を折っていた。

「二つ質問してもええ？」

「はあ」

「なんで右だけ赤いのついとるん？」

僕は自転車のハンドルに巻きつけた赤いビニールテープに目をやった。放っておいてくれと言いたいところだが、酒の入った女相手にむきになっても仕方ない。

「ま、ちょっとした目印ちゅうか。たいした意味はない」

「ふうん。ほなもうひとつ、さっきから気になっとるんやけど、それはあんたの住所?」

彼女の視線は後輪の泥よけに注がれている。極太のマジックインキで記した常宿の住所。埃が舞うように軽々と物が盗まれる釜ヶ崎では、所持品に逐一名前を書くのが癖になっていた。

「ああ、そや。俺のや」

僕は顎を突きあげた。関西人ならばこの住所がどこを指すかわかるだろう。

「釜に住んどったらあかんのんか」

「そやなくて」

結子は動じずにすっと片手を差しだし、

「気になっとったのは、それ」

「それ?」

「それや、それ」

じれったそうに住所の一部を何度も指で差し示す。

「萩ノ茶屋、のノの字が逆向いとる」

僕はノの字に注目した。瞬時に頬が熱くなった。

「知らんかった？」

結子は爆発的な笑い声を立てて腰を上げ、赤いペディキュアが艶めく素足で再び坂に挑みはじめた。

「あんた、おっちょこちょいやねんな。そやけど、なかなかおもろいわ。あんたならおもろい小説が書けるかもしれへんな」

一人愉快げな彼女の後ろ姿が向かう先には入道雲のような木立が夜空を覆うように生い茂り、そして、その先には何もない。急坂の終点。断絶。完全なる行きどまり。一体彼女はどこへ帰るというのだろう。

もしかして。不意に疑念が僕を襲った。二谷社長と結子はグルになって僕を弄《もてあそ》んでいるのではないか。小説など書けるわけのない卵たちをからかい、舞いあがらせたり困らせたりして楽しんでいるのではないか。これぞ真性なる金持ちの道楽、百万円など彼らにしてみればさしたる額ではないのかもしれない。

「なにしとるん。着いたで」

僕の疑念を断ち切るように結子の声がした。坂の頂に程近い洋館の門前から僕を手招

ていた。

本当にこんな高みに住んでいたのか、と仰ぎ見た瞬間に決意した。二谷社長にしても

この女にしても、やはり僕とは別世界の人間だ。異質すぎて捉えようがないし、まして

小説になどできるわけがない。

それを彼女に伝えんがため、早くも筋肉痛が疼《うず》きだしている足を引きずって最後の坂

を上った。あと一歩という所まで距離が縮まると、結子はふわりと僕に手を差しのべた。

抱かれる。なぜだかとっさにそう思ったものの、白い指先は僕のこめかみを伝う汗をぬ

ぐっただけだった。

「送ってくれて、おおきに」

火照《ほて》った肌にその指先は冷たく、水の中にいる生き物のように生々しい。ぞくっとし、

次の瞬間、思いもよらない言葉が僕の口をついて出た。

「教えてくれへんか」

「え」

「あんたの生年月日と出身地、それから家族構成や」

「なんやの、急に」

「最低限、そのくらいは知らな物語が始まらん」

引き返すつもりが踏みこんでいた。終わらせるつもりが始めていた。一体なにをやっているのだろうと混乱する僕を、結子は艶めいた瞳で射るように凝視した。

「一度しか言わへんで。うちの生まれは昭和四十年八月五日、旧姓はカワシマで、実家は京都の嵐山で老舗の温泉旅館を営んどる。母親の生年月日は昭和十八年十二月二十日、父親は昭和十二年三月十三日や。ついでに兄弟は姉が一人と弟が二人。姉は昭和三十九年九月三十日、上の弟は昭和四十二年五月四日、下の弟は昭和四十六年十一月十六日に生まれとる」

一気に言い切り、どや、と挑むような眼差しを向ける。

「作家の卵がペンも持たんで歩いとったらあかんのんやない？」

「ペンがなくても耳がある」

僕は眉間の中心に意識を集中し、今得た情報をくりかえした。

「昭和四十年八月五日生まれ、旧姓はカワシマ、生家は嵐山の温泉旅館。母親は昭和十八年十二月二十日生まれ、父親は十二年三月十三日、姉は昭和三十九年九月三十日、上の弟は四十二年五月四日、下の弟は四十六年十一月十六日。結構な大家族やねんな」

無理難題を突きつける教師のようだった顔が、正解に喜ぶ子供の輝きを得た。

「すごいやん、あんた。力持ちなだけやなくて、頭もええねんな」

「体も頭も鍛えかた次第や。記憶力は誰かて伸ばせる」

「ほんならこれも記憶したって」

結子が唇を寄せた。こそばゆいような息と共に七桁の数字が耳元を掠める。

え、と振りむいたとき、しかし彼女は既に僕の脇をすり抜け、重厚な鉄門の向こうへ去っていた。門前に僕を置き去ったまま、小走りで庭を貫き、屋敷の中へと消えていく。

白と藍色を基調とした三階建ての洋館。歴史ある異人館にも似たその三階の出窓に明かりが灯ったのは、彼女が玄関をくぐって数分後のことだ。あれがヒロインの部屋。僕はその位置を記憶し、来た道を引き返した。

明治時代を思わせるレトロな街灯の下に紫色のハイヒールを見つけたのは、帰りの長い下り坂の途中だった。見紛いようのない悪趣味なそれは灯の真下にあるが故、逆に照明を浴びることなく、闇の中で九センチのヒールを天へと突き上げていた。天気占いならば百パーセント「雨」。

今さら靴に示唆されるまでもないが、どうやら前途は多難のようだ。

僕は黄色い灯に頭を突っこむようにしてしゃがみこみ、そして、なかなか起きあがれなかった。

6

久しく夢を見ていない。毎晩どろどろに疲れて瞼を閉じ、開くと朝が来ている。奥行きのない薄っぺらな夜は睡眠以外の何物ももたらさず、朝は朝で変わり映えのしない倦怠だけを連れてくる。寝ては起き、起きては寝て、また寝て起きて寝て起きて寝て起きて、それだけで年を食っていく。

しかし、この朝は幾分感じが違った。体の内側には錆のような疲労が居座っているものの、外側の感触が柔らかい。固くて臭くてじっとりしたドヤの煎餅布団とは明らかに質感を異にする。そう、僕はふわふわしたソファベッドの上にいて、それは大輔のマンションのリビングにあるもので、予告通り大輔は昨夜帰らず——と、順に思い出した。

壁の時計を見ると、午前九時。リビングに隣り合わせた台所からは香しい味噌汁の匂いが寄せてくる。あちこち痛む足でよろよろ歩いていくと、エプロン姿の大輔がにぎりめしを作っていた。

「おはようさん」

米粒だらけの手を掲げて爽やかに微笑む。

「おまえ、どこへ行っとったん？」

「ま、ちょいとした会合ちゅうんか、集会ちゅうんか」

「集会？」

「えらいまじめな合コンみたいなもんやけど、大学よりもずっとためになる。それよか、小説のヒロインはどないな女やった？」

にぎりめしと味噌汁を載せたテーブルを挟み、僕は大輔に昨夜のあらましをざっくりと語った。大輔も木之下教授に二谷社長のことを問い合わせてくれていたらしく、昨夜、結子が明かした自費出版の真相を聞いても驚きの色を見せなかった。

「確かに、二谷兄弟の不仲は有名らしいで。木之下先生の話やと、二谷さんはもともと東京の出で、なのに長男と距離を置きたい一心で関西の大学へ進んどる。長男は東大出の秀才で、おまけに全共闘のリーダーとしても注目されとったそうや。木之下先生や二谷さんが大学へ進んだ頃にはもう運動は下火になっとって、なんもかも前の世代に持ってかれた気がした言うとった」

「要するに、パッとせえへん大学時代やったちゅうことか」

「大学卒業後、長男は跡取り息子としてイーストホテルへしれっと入社して、二谷さんはアメリカへ放浪の旅に出とる。そこで外食産業を学んだみたいやな。関西へ戻ってからは親の資金で商売を始めて、ファミレスやらカフェバーやらでそこそこ稼いだらしい。で、五年前、満を持してホテル業界へ進出ちゅうわけや」

「イーストホテルに対抗してウエストホテル、高級志向に対抗してチープ・ルネッサンス、か。わかりやすい人やな」

「そやけど、ウエストホテルは目新しさと安さで客を呼んどるだけやし、イーストホテルの敵やない。二谷さんと長男とでは経営者としての器が違う、ちゅうて慧眼持っとるはずの木之下先生も言うとった。正直、俺は二谷さんが気の毒になってきてな。礼司さん、力貸したってもええんちゃう」

判官贔屓《ほうがんびいき》の大輔は昨日から一転して二谷社長の肩を持ちはじめたものの、僕には逆に躊躇《ちゅうちょ》が生まれていた。

「問題は、俺の前に雇われた三人や。三人とも途中でクビになっとる」

「確かにそれは気になるな」

「ほんまに力不足が原因やろか」

「二谷さんの条件に合わんかったんちゃう」

「気骨か。ますますいやな感じがしてきたわ」

にわかに食欲をなくした僕の前で、大輔は三つ目のにぎりめしに手を伸ばした。

「そやけど、礼司さんは書く気やろ。やると決めたらやる人やねんから」

「まあ、なあ」

「それやったら俺も協力させてもらうわ」

「協力？」

「仕事場の提供や。これから小説の下準備にかからなあかんのやろ。なんやあるたびに大阪から来るのも難儀やろし、神戸におったほうが便利やん。この部屋でええなら、なんぼでも好きに泊まってもろてかまへん。第一、礼司さんがここにおらんかったら、二谷さんから連絡が来たとき困るやろ」

言われてみればその通りで、住所不定の僕は大輔の電話を介してしか二谷社長や結子と繋がれない。

「ほな悪いけど、小説の目処《めど》が立つまで甘えさせてもらうわ」

そうして僕の居候生活がスタートし、結果的にそれは正しい選択となった。

その夜のうちに、早速、二谷社長から電話があったのだ。

彼は僕に前夜のことを詫び、それから結子と対面した感想を尋ねた。探るようなその声色からして、結子からはまだ何も聞いていないようだ。僕は愛車で結子を北野へ送ったことを話し、あたりさわりのない程度に彼女の印象に触れ、それから逆に問い返した。

「そういえばこのバイト、僕の前に三人の人間が雇われてたってほんまですか」

「ああ、女房が言うとりましたか。ま、ほんまか嘘かちゅうたら、ほんまですわ」

社長はしゃらりと返した。

「前の三人はあんたと少々ルートが違うて、編集プロダクションに勤めとる知人に紹介してもろたんです。全員、駆け出しのフリーライターで、作家志望ちゅうから期待しとったんやけど、ほんま、今の若い男は軟弱やな。全員、途中で逃げだしよった。これやったら最初から木之下に頼んだらよかったわ」

「逃げたって、なんで」

結子です、と二谷社長は即答した。

「暇をもてあましとる女房にとって、自分にまとわりついてくる作家の卵なんぞ、ええ玩具みたいなもんなんですわ。どいつもこいつもええようにおちょくられて遊ばれてまう。一人目は真面目な若者やったけど、結子にさんざん振りまわされて、挙げ句に飲めん酒を飲まされて、急性アルコール中毒で病院に運ばれた。それっきりですわ。三人目の男だけはそこそこええ線いっとったけど、それで逆に敦《あつし》から目をつけられてしもた」

「敦？」

「女房の弟ですわ。チンピラもどきの男で、なにかと首を突っこんでくる。三人目の男は結子に近づくな、ちゅうて敦に脅された上、私の払うた前金まで取られて、こっぴどい目に遭うとります」

あんたも敦には用心したほうがいいと諭され、深々と嘆息した。急性アルコール中毒。チンピラもどきの弟。結子はそんなことおくびにも出さなかったではないか。

「そやけどな、言うときますけど私、これまでの三人には百万も前金払うてません。あれは甲坂さんを見込んでの額やねんから、そこんとこを踏まえてお頼みしますわ」

その期待の根拠を問う隙も与えず、社長は話題を変えた。

「で、今後のことやけど、あんた、女房のおるホテルの電話番号を聞かはりましたか」

「ホテルって、あの坂の上の異人館みたいな？」

「そや、あの立地最悪の」

神戸港を望むあの部屋の電話番号。もしや……と昨夜、結子が別れ際に残した七桁の数字を呟くと、まさにそれだった。

「まず第一関門は突破やな。ここから先は甲坂さん、あんたの気骨次第や。私もバタバタしとってたいした力になれんさかい、どうにか女房に協力させて、あいつの人生をきっちり書きあげたってください」

要するに、今後は自力で結子に取材し、小説に必要な材料を揃えろということらしい。

「ま、女房はあんな女やし、二十七年の人生を辿るちゅうのはそう簡単でもないやろけど」

「二十七年？　二十九年ちゃいますか」

「いや、結子は先月で二十七歳になったとこですわ」

「先月？」

結子に聞いた生年月日と一致しない。

その矛盾を指摘するなり、受話器の向こうで豪快なバカ笑いが弾けた。

「早速やられてしもたか。言うときますけど、女房は生粋の大阪生まれです。言葉を聞けばわかるやろ。京都の温泉宿の娘やなんて、あいつもほんまよう言うわ」

至極上機嫌な笑い声を耳に、僕は釜ヶ崎から神戸への果てしない旅を思い、北野の致死的な急坂を思い、二谷邸の無愛想な家政婦を思った——あかん女や。

「それから、念のために言うときますけど」

吐息さえも底をついた僕に、二谷社長は留めの一撃を与えた。

「私が雇った二人目の卵、あいつもさんざん振りまわされた挙げ句、結子に食われて、捨てられた。結子は簡単にやらせる女やけど、一度以上はやらせへん。あんたも小説書く前に飽きられんように気いつけや」

7

二谷結子は自らの生い立ちを語らない。語りたくても語れない。家の事情を口外してはならないと母親から厳しく諫められて育ったからだ。

というのも、彼女の父親は東京に家庭を持つ某政治家。その名を聞けば誰しも驚く著名人であり、彼女はその落胤《らくいん》として生を受けたのである。

「おとんがほしかった」

結子は母親と二人暮らしの子供時代を振りかえって言う。

「お父様がほしかったわけやない」

月に一度、公務のように規則正しく母子のもとを訪ねる父親は彼女に対して紳士的だったし、時には遊び相手にもなってくれた。生活費もふんだんに与えられ、一見すれば贅沢な暮らしを彼女は送っていた。けれど友達から「休日の朝は必ず家族全員でオムライスを食べる」などと聞くたびに、結子は人知れず涙せずにはいられないのだった。

『たかいズカンもようふくもいりません。わたしは日よう日のあさ、いっしょにオムライスがたべたいのです』

一度、勇気を出して父親に手紙をしたためた。数日後に高級レストランのディナー券が二枚届いた。母親と二人で赴いたそのレストランのメニューに、いくら探してもオムライスは見当たらなかった。

8

二谷結子は自らの生い立ちを語らない。語りたくても語れない。彼女自身が自らの誕生にまつわる一切を知らされていないせいだ。

物心のついたときには祖父母の家にいた。家族というのは「おじいちゃんとおばあちゃんと子供」のことだと思いこんでいた彼女は、幼稚園に入園して初めて「おとん」「おかん」という未知なる存在を知った。

「うちにはなんでおとんとおかんがおらんの」

結子に問われるたび、祖父母はこうくりかえした。

「おらんもんは、おらん。それだけじゃ」

「結子、側におらん人間のことを考えてもつまらん。そのとき側におる人間のことだけ考えて、大切にすればええ。それが幸せに生きる秘訣やで」

彼らの言には一理あったが、幼い子供には理解しがたかった。祖父母がどう言おうとも、結子は会ったことのない両親を思わずにはいられなかった。顔もわからない父と母。恐らく彼らにはやむにやまれぬ事情があり、娘に会いたくても会えない境遇にあるのだ。けれども我が子を忘れたことはなく、毎朝毎晩、写真を眺めては涙に暮れている。

そんな希望的観測を彼女は自分の中で大切に育てた。いつの日か必ず両親は私を迎えにくる。盤根錯節《ばんこんさくせつ》を断じて人生の逆転に成功し、金色のジャガーに乗って迎えにくる――。

9

二谷結子は自らの生い立ちを語らない。語りたくても語れない。口を開けば辛い記憶が怒濤のごとく迸《ほとばし》り、荒ぶる自分を抑えきれなくなるのが怖いのだ。

不幸の始まりは彼女が四歳のとき、突如、父親を襲った突然死だった。原因不明の心不全に家長を奪われた一家はたちまち困窮に陥った。その上、五年後に今度は母親が心臓を患って入院、結子は親戚宅に預けられることになる。

子供のいなかった叔父と叔母は初めのうちこそ彼女に寛容だったものの、間もなく問題が発生した。叔父が結子をいたわるほどに叔母の機嫌が悪くなるのである。それは結子が密かに恐れていた事態でもあった。

幼少の頃から結子は大人の男たちに可愛がられてきた。「友達のおとん」や「近所のおじさん」、数多の男たちがしきりに彼女を気遣い、時には菓子や小遣いをくれ、運動会では「結ちゃん」と大声援を送ってくれた。父親のいない結子には嬉しいかぎりだったが、それが陰なるトラブルを招いているのもうすうす察していた。おじさんたちのとなりではいつもおばさんたちが怖い目をしていたから。

間もなく叔母が結子への攻撃を開始したとき、だから彼女は「来たな」と身構えた。居候のくせに起きるのが遅い。掃除の仕方が悪い。返事がなってない。なにかと辛く当たりはじめた叔母に、子供の分際で対抗しても無駄だと結子は知っていた。だから待った。ただひたすらに息をひそめて、大人になることを。

大人になれば男たちはもっと自分を可愛がってくれる。もはや他の女たちが立ち入れないほどに男と自分の距離は縮まる。結子は本能的にそれを知っていたのだ。

10

小説の取材は困難を極めた。まずはあの七桁の番号をダイヤルし、何度目かにようやく結子が出て、「うちの人生なんか適当にこさえてくれたらええわ」とつれないこのヒロインを説き伏せるのに一苦労。言葉を尽くして真実を綴る重要性を訴え、それから僕たちは何度か会った。

それから僕たちは何度か一緒に坂を上り下りした、と書くべきかもしれない。というのも、どういうわけだか結子は例の愛車が気に入ったと見え、「ちょっと元町の駅まで頼むわ」「銀行まで乗せてって」「今夜十時に迎えに来てくれへん?」などと僕を私用の運転手さながらに重用しはじめたのだ。

「今、暇しとる?」

大輔のマンションに結子からの電話がかかってくるたびに、僕はいそいそと指定の場所へ馳せ参じた。週に数回、彼女を自転車の荷台に乗せてあっちからこっちへ、こっちからあっちへと神戸の街を走りまわり、結果的に短期間で結構な土地勘を身につけた。

無論、行きも帰りもあの急坂だけは自転車を放棄し、自分たちの足で上る。結子はそのたびに九センチのハイヒールを脱いで裸足になったが、さすがに二度とそれを投げ捨てようとはしなかった。

まるでお付きの運転手のような役回りに僕が甘んじていたのは、電話でも自転車の荷台でも素気ない彼女が、この急坂のあいだだけはガードを緩めてよくしゃべるせいだった。坂のしんどさをまぎらすためかもしれないし、心拍数が上がってハイな気分になるためかもしれない。いずれにしてもこの坂は僕が結子を知る上で欠かせない要所となっていた。

そこで知り得たことが小説に役立つかどうかは、しかし、また別の問題となる。

運転手役を務めたあと、僕は毎日、釜ヶ崎の盗品販売店で手に入れた激安のワープロと向きあい、結子から聞いた話を余さず打ちこむことにしていた。脳に仮植した情報を鉢から鉢へと移すように文字化する。そうしてデータを集積するにつれ、僕が理解を深めたのは結子自身よりも、むしろ彼女に振りまわされた作家の卵三人の心中だった。

たとえば今日、結子が語った彼女の過去をAとするならば、それは三日前に聞いた過去Bとはなんら共通項を持たない。五日前に聞いた過去Cともきっぱり断絶されている。同じ人物の過去でありながら、各々が独立し、馴れあいを拒み、どこまでも我を貫いているのである。

しかし、言うまでもなく過去とは元来そんなふうにあるべきものではない。人間の一生は大いなる川の流れのようなものであり、もしも結子の過去だけが分裂し水たまりのような細分化を強いられているのだとしたら、それはどこかの時点で彼女の川に決壊をもたらす異変が起こった証《あかし》なのではないか。

などと初めのうちは小難しく考えていた僕も、次第に彼女が場当たり的な嘘をついているにすぎないことを悟った。

「うちが子供の頃な、病弱だったおかんが死んで、うちはおとんと三日三晩、ただただ泣いて過ごしてん。おかんのあとを追って死のうかって話にもなったけど、四日目に二人ともお腹がすいて、しゃあないから生きることにした」

過去を偽ることへの躊躇も見せず、結子はすらすらと嘘をまきちらす。そこで僕が「あんたが子供の頃に亡くなったのはおとんやないの」「おかんは桜川一郎と再婚しとるんちゃう」などと疑問を差し挟もうものなら、たちまち機嫌を損ねて「そんなん、どっちでもええやんか」と不条理な逆襲に出るのだった。

「やかましいこと言うんやったら、もうええ。二度と話さへん」

そんな失敗を重ねた末、僕は結子が何を語ろうとも聞き役に徹し、書き手というよりは読み手のスタンスで彼女の物語に寄りそうようになった。僕よりもよほど独創性に富んだ彼女に語りたいことを語りたいだけ語らせ、それをそのまま受けいれる。

確かに僕はいいように遊ばれていたのかもしれない。が、それがまんざら不毛なだけとも思わなかったのは、たとえ嘘でも積もればそれなりの真実が浮かびあがると信じていたからだ。虚構の物語から仄《ほの》見える深層心理というべきか、偽りの世界に息づく人々の傾向というべきか。

顕著な例がひとつある。

結子の語る少女時代の彼女は、例外なしに皆、寂しい。

孤独だけが支離滅裂な彼女の過去を束ねている。

11

五月が去り、そしてまた六月が過ぎても、僕は依然として一行も小説を書けずにいた。痺れを切らしはじめた二谷社長からの催促電話にびくつく毎日だ。

「すみません。もう少し時間をもらえませんか」

「書くのはあとでもええから、筋書きだけでも教えてくれんか」

「それも難航しとるところで。あんたの奥さんの人生には筋がない」

「それをこさえるのがあんたの役目や。早いとこ頼むわ」

僕としてもさっさと始め、さっさと終わらせたいのは山々だった。が、なにせヒロインがあの調子だったし、僕も僕で四六時中、彼女の嘘に翻弄されているわけにもいかない。大輔のマンションへ移ってからの毎日、僕が自転車の運転だけしかしていなかったかというとそうではなく、神戸で日雇い仕事を斡旋している業者に登録し、夜間は連日、肉体労働を続けていたのである。

一方、夏休み中の大輔は集会だのバイトだのと留守続きで、何日も顔を合わせないこともままあった。よって僕は居候貴族のごとく日中のマンションを独占していたのだが、そうして得た日課のひとつに「テレビのニュースを観る」というのがある。

久々に本腰を入れて世事と交わる日々の中、とんでもないことが普通に起きている現実に僕はしばしば唖然とした。

羽田内閣の総辞職後、なぜ自民党と社会党が手を組むような珍事が起こるのか。

どんなイデオロギーがそれを許すのか。

松本で七人が犠牲になった有毒ガスとは何なのか。

企業の新卒採用率はいつからこんなにも下がっていたのか。

僕が釜入りする以前に比べ、この国は確実におかしなことになっている。そんな危惧が日に日に募っていったわけだが、しかしこれは二谷結子が主人公の小説であるからして、僕の個人的憂国は割愛すべきなのだろう。

我らがヒロインに重心を戻せば、ここで注目すべきは村山総理でも毒ガスでもなく、猛暑にまつわるニュースだ。

なんといってもこの夏は暑かった。六月の末から真夏日に突入して以降、近畿地方では連日のように最高気温を更新、ニュースキャスターは取りつかれたように「熱中症にご注意ください」を連呼し、その甲斐もなく各地でバタバタと人が倒れていった。もしもこの夏がこんなにも暑くなかったら、結子と僕との関係ももう少し違ったものになっていたに違いないのである。

最初の変化は靴だった。北野の急坂では必ずハイヒールを脱いでいた結子だが、日に日に加熱していく地面の熱さにはかなわなかったらしく、ある日、ついに素足を断念した。「ヒールは九センチ」のポリシーを撤回し、坂道に適した低いヒールに妥協したのだ。僕としてはなぜそうまでして自転車送迎を続ける必要があるのか不思議でならなかったが、この時点で彼女はまだ夏にも坂にも負ける気がなかったのだろう。

しかし、その日は訪れた。転機となったのは近畿一帯で最高気温ラッシュが相次いだ一日だった。日向にいるだけで喉が干上がるようなその午後、僕は例のごとく結子の命でせっせと自転車を走らせていた。前夜の突貫工事が長引いてろくに眠っていなかったせいか、内臓まで射通すような太陽光線がいつにも増して身にこたえた。

指定先の神戸駅前へ到着したときから、結子もまたいつもと様子が違っていた。炎天下にうだる群衆の中、一人だけ妙に弛緩《しかん》した顔で佇んでいる。薄い藤色のワンピースのせいかその輪郭は普段よりも淡く、自分の意思で立っているというよりは誰かが少しのあいだだけそこに置いていったかのようだった。

　走りだした自転車の荷台から僕の腰へ回した手も、いつもより感触が仄かで頼りない。明らかに彼女はバテていた。誰もがこの夏にバテていた。同様にバテていた僕には彼女をいたわる余裕もなく、北野へ向けて一心にペダルを漕ぎ続けるしかなかった。

　坂の麓《ふもと》へ到着後、結子は荷台を降りようとして体勢を崩し、ぐらりと横によろめいた。

　さすがに僕は焦った。

「なんや調子悪いんちゃうか」

「こうも暑いと誰でもおかしいなるわ、人間も動物も」

「動物？」

「ホッキョクグマもぐったりしとるらしいで。ユキコも難儀やな」

　僕が差しだした手を無視して彼女が坂を上りだす。電柱の脇に自転車を停め、僕もそのあとを追いかけた。

「ユキコって、ゆきみのおかん？」

　返事はなかった。通常はホラ話が弾む坂の途中も結子の口は動かない。地面に足を引きずるようにして数歩上っては汗をぬぐい、数歩上っては息を整え、そうしてどうにかあと半分という地点まで差しかかった所で、ようやくぼそっと呟いた。

「あかん。今日はなんも浮かばへん」

「何が」

「あんたの待っとるホラ話や」

「ああ、そんならええよ、無理せんでも。こう暑いとええネタかて思いつかんやろ」

むんとした熱風が前方から吹きつけ、左右に舞いあがった前髪の隙間から強い眼差しが僕を捉えた。

「あんた、なんでそないに優しいん？」

「なんでって……」

「ま、小説のためやろし、ほんまの優しさちゃうねんけどな」

「ま、そやな」

二人してこっくり頷きあい、風が去るのを待って乱れた髪を結子が整えた。

「そやけど、あんたは優しいだけで、本気でうちを知ろうとはせえへんな。ウッチーとはそこが違う」

「ウッチー？」

「一番熱心やった三人目の卵や。あの子に比べると、あんたはえらい悠長に見えるけど、ほんまに小説書く気あるん？」

「ちゅうか、あんたこそ俺に小説書かせる気あるんか」

彼女は答えずにからからと笑い、つられて僕も笑った。この女は自分を主人公にした小説が書かれることなど望んではいない。それを承知していながらも、小説のため、ひいては金のためにこうしてつきまとっている自分の矛盾を笑った。

「別に悠長に構えとるわけでも、あんたを知りとないわけでもない。ただ、本人が言いとないことを無理やり聞きだしたかて、ええ小説にはならへん気がしてな」

「ええ小説？」

「あかん。脳がうだっとる」

会話はそこで尽きた。溶岩のようにどろどろと降りそそぐ陽を浴びて、結子はいよいよしんどそうに肩で息をしはじめた。それでも僕の手は借りず、よたり、よたりと坂上を目指していく。人の手を借りたくないのなら、そもそもこんなクソ暑い午後に人を呼びつけなければいいのだが、彼女も彼女で矛盾している。

予期せぬ結末が待ちうけていたのは、汗みどろでようやく洋館へ到着したときだった。一刻も早く日陰へ逃げようとするように、結子は「ほな、おおきに」と礼もそこそこに鉄門の取っ手に手をかけ、小さく悲鳴を上げた。

「アッ」

陽射しを吸いこんだ鉄が熱を持っていたらしい。

「どうした？」

歩み寄ろうとした僕の足が止まった。掌を握りしめた結子がすごい形相で太陽を睨《ね》めつけたのだ。空ごと地獄へ引きずりおろしてやるとでもいうような顔だった。

しかしそれはほんの一瞬で、彼女は再びもとのぼうっとした表情に戻って振りむいた。

「降参やな。これだけ暑いと自転車はもうあかん。あんたの愛車とも今日限りや」

解放された。はずなのに、全身の関節が一気に緩むような虚脱感があった。運転手を解任されたということは、結子と僕を唯一、繋いでいた坂道を失うことでもある。

「あんた、車の運転はせえへんの？」

僕の胸中を見抜いたように彼女が言い、僕は首を振った。つもりが、なぜだか体全体が振られているような奇妙な感覚があった。

「免許がない」

「取ったらええやん」

「取れへん事情がある」

彼女は何かを問うように口を開きかけ、「ま、ええか」とハンドバッグからハンカチを取りだした。

「あんたかて、もうこれ以上、うちに深入りせんほうが身のためや。二谷が何を企んどるんか、うちにもようわからん。そやけど、あの男がええ小説を期待しとるわけやないのは確かやで」

独り言のように言いながらハンカチを狭んで取っ手をまわし、今度こそ鉄門を押しあけた。

「ほな」

とパンプスの爪先を門の向こうへ差しのべ、

「さいな」

ら、の音を聞いた記憶がない。

12

次に僕が聞いたのは、シャッ、シャッ、シャッ、というざらついた摩擦音だった。何かを削ぐような、こするような音。それは脇腹のあたりから聞こえ、瞼を開くと、ベッドへ横たわる僕の指を誰かが削っていた——いや、削られているのは指ではなく、爪だった。

削っているのは結子だ。ベッド脇の椅子に浅く腰かけた彼女は細長いヤスリのような道具でその作業に集中していた。ついぞ見たことのない真剣な横顔だった。化粧を落とした肌は思いのほか瑞々しく、どぎついマスカラの重石を解かれた瞳は普段よりも逆に黒目がちに見えた。

見覚えのないその部屋は薄暗く、窓からの西日が床のごく一部にだけ四角い光を注いでいる。

「なにしとるん」

声をかけるとびくっとし、それから「おはよう」と微笑んだ。鼻の両脇にうっすら浮いたそばかすにある種の母性を感じて、どきっとした。

「なんやの、それ」

「爪磨きや」

「爪磨き?」

「うちの趣味。爪が綺麗やと気持ちええやん」

「ちゅうか、この状況が呑みこめん」

「ええから、もうしばらく寝とき。あ、その前に水分やな。水を飲んで寝とれば間違いない」促されるままコップの水で渇いた口を濡らし、再び枕に頭をうずめた。体がひどく熱くてだるい。眠れと言われればいつまでだって眠れそうだった。

次に目覚めたときには窓の外が暗かった。たっぷり眠ったせいか体の熱もだるさも半減し、濁っていた意識も覚醒していた。そうしてクリアな頭で検証するに、いま僕がいるのは明らかに、あの坂上の洋館なのだった。

しかし、外から見るのと中にいるのとではだいぶ建物の印象が違う。立派な外観からは遠く隔たり、僕がいるここは六畳ほどの簡素な小部屋で、家具といえばよく炒られたカカオ豆のような色のベッドと小ぶりの机だけ。書棚もタンスもクローゼットもなく、あったとしてもこの狭さでは収まらない。無論、二畳や三畳のドヤと比べればそれでも楽園のようだし、家具と同じカカオ色に艶めく壁や床にも高質の木材が使われているのがわかるが、ウエストホテルの社長夫人が長逗留をするにはいかんせん窮屈にすぎる部屋だった。

中でもとりわけ密度が高いのは出窓に面した机の上で、そこには結子の私物と思われる鏡やらドライヤーやら化粧道具やら大量のマニキュアやらが雑多に積み重なっていた。なぜだかハイヒールや救急箱までが見え隠れし、混沌とした様相を呈している。あまり見てはいけない気がして視線を下げると、金属の柄をつけた引き出しが目についた。中央から左右に分かれた引き出し。あの中にも机上と同様の混沌が渦巻いているのか。或いは大事な何かがそっと匿《かくま》われているのか。

たとえば——突如、僕の頭をある想念がよぎった。たとえばあの引き出しの中を覗き見ることは、人としては断じてやってはならないタブーであるけれど、小説家としてはむしろやらねばならない責務と言えるのではないか。好機あらば悪にも身をひたす図太い精神の持ち主のみが真に読み応えのある小説を書き得るのではないか。

そんなようなことをつらつらと考えたわけだが、無論、小説家でない僕には引き出しを開けるつもりなど毛頭なく、それよりも再び目を戻した机上のフォトスタンドが気になった。ベッドを降りて歩み寄るに、小学生くらいの子供の写真が飾られている。林檎のように頰の赤いぽっちゃりとした少年。

手に取って見ようとした矢先、廊下から足音が響き、慌てて僕は身を引いた。

直後に部屋の戸が開き、結子が顔を覗かせた。

「なんや、起きとるんやったら一緒に夕食食べへん?」

結子が朝晩食事をしているというレストランは階下の一階にあった。三階建てのホテルは部屋数も少なく、どの扉にも番号が記されていないため、まるで金持ちの別荘にでも招かれているかのような錯覚に陥る。

さしずめ食堂にあたるレストランは小ぶりながらも重厚な趣で、こちらも壁はカカオ色、カーテンやテーブルクロスは浅葱《あさぎ》色で統一されていた。そして、これもまた洒落たインテリアのように、壁に沿った十席ほどのテーブルでくつろぐ客の全員が外国人だった。

「お帰りなさいませ」

黒服の給仕がそう結子を迎え、勝手知ったる様子で奥のテーブルへと案内する。恭しく差しだされた革張りのメニューを開くと、そこには日本語と英語が併記されていた。

「なんや、日本やないみたいやな」

「そらオーナーが外人やから」

結子曰く、この屋敷はかつて旧居留地にあった外資系企業の寮として使われていたらしい。長期滞在向けのホテルとなった今も、利用客はもっぱら外国人で占められているという。

「うちは昔のお客さんに紹介してもろたんやけど、なかなか居心地がええわ。余計な干渉されへんし」

「そやけど、いくらなんでもあの部屋は狭すぎるんちゃうか」

「そら元使用人の部屋やからしゃあないわ」

「使用人？」

「いっちゃん狭い部屋をうちが希望してん。納戸も一緒に借りとるさかい、服はそっちに置いとったらええし、なんも不自由あらへん」

「わからんわ。旦那のホテルに泊まればスイートルームかてタダちゃうの」

「タダの代わりに、従業員全員が二谷のスパイや。そもそも、二谷のホテルはえげつない。潰れそうなホテルを買収して、ちょちょっと手を入れて、ウエストホテルの看板掲げて、いっちょ上がりや。なにがチープ・ルネッサンスや」

「そやけど芦屋のあの家、ひと月ごとに応接室の内装を替えとるんやろ。えらい研究熱心やないの」

「あれはマスコミの取材向けの部屋や。みんなあれで騙される」

この話はたくさんだとばかりに結子はメニューへ向き直り、上から下まで熟読の末、「あんたは肉やで」と僕に命じた。

「しっかりスタミナつけたらな。スープやサラダで無駄に腹を膨らせとる場合やない、あんたは肉を詰めこめるだけ詰めこんどき」

反論の余地がない決定の下された十数分後、僕の前では巨人の下駄ほどもあるサーロインステーキが湯気を立てていた。表面は色よく焼きあがり、ナイフを入れると感動的に柔らかい。焦げた脂の匂いに我を忘れ、僕は夢中で貪った。世の中にこれほどうまいものが存在することを思い出したら切なくなった。

獣のような僕の食いっぷりを前に、結子はいい調子でシャンパンを飲みながらローストビーフのサンドウィッチをつまんでいる。

「迷惑かけてすまんかったな」

皿の肉が残りわずかになると、僕は食事のペースを緩めて彼女に向き直った。

「ほんま恩に着るわ」

「うちはなんもしてへん。ホテルの人たちがあんたを運んでくれてん。医者を呼ばな言うて騒いどったけど、ただの熱中症や言うて、うちが呼ばせへんかった」

「呼ばんでくれて助かった。保険証ないもんで」

僕と結子の目が交わった。そんなことは百も承知だと言いたげな瞳。

「そやけど、ほんまにもう治ってん？」

「なんも問題ない。これでも体力には自信があってな」

「熱中症には用心したほうがええで。うちかて責任あるし、栄養つくまでここにおったらええわ」

僕は返事に詰まった。

「そういうわけにもいかんやろ」

「なんで」

「なんでって……狭い部屋やし、あんたの寝る場所なくなってまうやん」

「そんなん一緒に寝ればええんちゃうの」

僕はまじまじと結子を見た。つられたようにまじまじと見返す瞳に誘惑の色はない。至極合理的な提案を持ちかけているといった表情だ。

──結子は簡単にやらせる女やけど、一度以上はやらせへん。

二谷社長の声が脳裏に去来する。もしもそれが事実であるならば、結子は男にとって至極好都合の遊び相手ということになるけれど、僕は遊びではなく社長との契約のためにここにいる。

故に僕はすみやかに話題を移した。

「そや、ひとつ聞いてもええか」

「なんやの、今さら。あんた、いつも聞いてばっかりやん」

「そやけど、これは小説に関係ないことかもしらんし」

「なに？」

「机の上にあったやろ、写真。あの子、誰かな思うて」

僕は初めて「遠い過去」というフィルターを通さない結子の「今」に触れる思いで躊躇したのだが、返ってきたのはあっけらかんとした声だった。

「あれはうちの息子や」

「息子」

「伸太郎《しんたろう》。今、七つになる」

混乱の中で僕は瞬時に計算した。結子は二十七歳、息子が七歳とすると妊娠は十八か十九歳のとき。二谷社長と彼女が結婚したのは三年前——となると？

「誰の子やねん」

「前の旦那や」

「前の」

そや、と結子は二杯目のシャンパンを飲みほして笑った。

「ええ人やったわ、顔も忘れてしもたけど」

「十八で知りおうて、十九で結婚して、すぐに子供を産んでしもてん。前の旦那も二谷と一緒で、うちが勤めてたクラブのお客やねん。大阪のキタにあった大衆向けのクラブでな、働いとるのはうちみたいに年を誤魔化しとる女の子ばっかり、客は小金持っとるおっちゃんばっかり。前の旦那も四十代で、うちに一目惚れしてしもた言うて、はるばる和歌山から通うとってん。店に来るたび結婚してくれ、してくれちゅうて、ねちこいてなあ。あんまりねちこいもんやさかい、金色のジャガーを買うてくれたら結婚したる、言うたってん。そしたらほんまに買うてくれる言うもんで、ほんなら、ちゅうて結婚した。そやけど、ジャガーなんぞ乗りまわしとったら近所からどないな目で見られるかわからへん、ちゅうて姑に反対されてな。この姑がまたねちこい性格で、うちとは全く反りが合わんで。伸太郎が生まれてからはますます姑がやかましいなって、旦那はうちをなだめて、姑をなだめて、十二指腸潰瘍で入院して、ジャガーは買うてくれへんし、こらあかん思うて離婚してん。伸太郎は置いてきた。頼りにならへん旦那といけずな姑やけど、まだ二十やったうちよりはなんぼかマシな保護者やろ思うてな」

結子は過去を語らない。どころではなく、よく語る。僕は誤った先入観を通して彼女を見ていたことを、この夜、思い知らされた。結子が口にしないのは遠い過去のみで、近い過去ならばぺらぺらといくらでもしゃべるのだ。生い立ちから彼女の人生を辿ることにこだわった僕が今まで聞こうとしなかっただけで。

しかし、それにしても――本人の言を信じるならば、結子は十代の頃から多分にタフな生活環境に晒されていたことになる。

「またいつもの作り話やないんか」

僕が疑うと、彼女は「証拠を見せたるわ」とムキになり、わざわざ部屋まで証拠写真を取りに戻った。

「ほれ、見てみ」

テーブルに広げられた写真を見るに、確かにウェディングドレス姿の結子、腹の大きな結子、赤ん坊を抱いている結子、などが見事に彼女中心のアングルで収められている。新たな一枚へ目をやるたびに僕は驚き、当惑し、しまいには感心した。結婚。妊娠。出産。女の転機と言えるそのいかなる場面にあろうとも、結子は自らの置かれた状況などにはとんと無頓着そうに艶《えん》な笑みを湛えていたからだ。

妊娠中の写真の中に長髪の色男と寄りそった一枚があった。

「これが前の旦那か」

「ちゃう、そらまた別の男や」

「ほんならこっち？」

「それもちゃう」

結局、元旦那の写真は一枚もなく、結子と写っているのはいずれも「ちゃう男」なのだった。

中には見覚えのある顔もある、と思ったら二谷社長だった。

「二谷も店の得意客やった。離婚して、もう結婚はこりごりや思うて、うちはまた水商売に復帰してん。ちょうどバブルが始まった頃やったし、そら夜の世界も景気がええわええわで、毎日が祭りみたいでな。ようけ稼いでようけ遊んだわ。これでもうち、ええとこのクラブに引きぬいてもろて、歴代最年少のちいママにもなってん。二谷が店に来るようになったのは景気が傾きはじめたあとで、あんなに羽振りのええ客はもうそうそうおらんかったし、そらうちかて根性入れてサービスしたったもんやわ。二谷もうちが気に入ったらしいて、毎晩通いつめて、三ヶ月で二千万近く店に落としていかはった。四ヶ月目にプロポーズや。うちは二度と結婚せえへんつもりやったけど、結局、受けてもうた」

「なんで」

「二谷は金のジャガーに乗っとってん」

苦節五十日、これまでデタラメばかりを口にしてきたヒロインがようやく真実を語りはじめたことに最初こそ安堵した僕だったが、徐々に新たな不安が寄せてきた。もしも結子の生きてきた過去が、偽りの過去以上にデタラメだったとしたら？

黙りがちになる僕をよそに、彼女は「あらへん、あらへん」と一人で騒ぎだし、何かと思えばジャガーの写真がないと言う。

「絶対、どっかにあるはずや。探してくるから待っててや」

「もうええ、そんなん見たないわ」

何を言っても結子は引かず、四杯のシャンパンでふらついた足で再び部屋へと引き返し、僕はまた一人残された。周囲の客もとうに去り、フロアはしんとした静けさの中にある。そこで初めて僕は耳に届くか届かないかの音量で音楽が流れているのに気がついた。ブラームスのヴァイオリン・ソナタ第一番。ヴァイオリンを習っていた子供時代、父親から強制的に聴かされていたのでヴァイオリン曲だけは少々詳しい。郷愁に似た懐かしさの中で僕はブラームス特有の情感溢れる旋律に酔った。第一楽章と第二楽章が終わり、歌曲『雨の歌』からの引用で始まる第三楽章に入った頃には、すっかり最初から一人でそこにいる気分になっていた。

結子は特異な存在感の持ち主だ。美人ではないけれど華があり、表情も豊かなので一緒にいると目が行くし、気にかかる。なのに、いなくなると何も残らない。視界から消えたとたん、あたかも初めからそこには誰もいなかったがごとく気配は霧消し、確たる像を留めない。

要するに、と僕は思った。二谷結子は「空っぽな人物」ということになるのだろうか。これから自分が書こうとしているヒロインに対して、それは実に残念な結論であり、少なからず僕は気落ちした。一方でまたこんなふうに考えてもみた。生きても死んでも何も残しそうにない女だからこそ、僕が書くことによってこの世にその生を刻みこむ甲斐があるのではないか。

そんな小難しいことを考えていた僕は、

「貴様、誰やねん」

背後から声がしたときも、やはり小難しい顔のまま振りむいたのだろう。

「なんやその目はオリャ！」

突如、現れたチンピラ風の男に巻き舌ですごまれ、のけぞった。

いや、その風貌からして彼はチンピラそのものだった。白いスーツ、紫のネクタイ、顎鬚、パンチパーマ。彼がチンピラ以外の何者かであるならば、僕だって僕以外の何者かであってもいいはずだ。

「なにジロジロ見よるねん、ワレ。結子はどこや。そこは結子の特等席やろが。貴様は誰や。一人でなにしくさっとるねん」

矢継ぎ早に詰問する男の体格や腕力を見積もりつつ、とりあえず僕は不利な座位を避けて起立した。立って並ぶと男は僕よりも頭ひとつぶん背が低く、それがまた新たな不興を買ったようだった。

「なんや貴様、やる気かオリャ！」

男が一層声を荒げたのと、

「アッちゃん、よして！」

フロアの入口から結子が駆け寄ってきたのと、ほぼ同時だった。

「なにしとるの、アッちゃん。もうここへは来んって約束したやんか。アッちゃんが暴れると、今度こそうちがここにおられんようになる。はよおとなしい帰ってや」

子供を叱るように責める結子に、男はしばし口ごもってから言った。

「そやけどおまえに話があって」

「なんやの」

「その前に誰や、この男」

「アッちゃんには関係ない」

「新しい男か？　えらい貧乏臭いけど、また金目当てやないんかい」

二人の会話を聞いているうちに、自然と僕はある人物を想起した。二谷社長から気をつけろと忠告されていた結子の弟、敦。三人目の卵を脅して前金を奪ったというチンピラもどきの男だ。その外見的特徴からして、ここにいるチンピラもどきが敦である確率は極めて高く、となると、僕が四人目の卵である事実は隠したほうがいい。と思っていたにもかかわらず、

「なにぼけっとしてけつかるねん。ワレはおのれがどこの誰かも名乗られへんのか」

男に凄まれた僕は弾みで口走っていた。

「俺は甲坂礼司ちゅうもんや。結子さんの旦那に頼まれて、小説の取材を……」

「おまえか、二谷が懲りずに送ってよこした回し者ちゅうのは！」

僕が最後まで言う前に、激昂した男の片手が僕のTシャツの胸元をつかみあげた。

「ワレ、何をこそこそ嗅ぎまわっとるねん。二谷に何を探れと言われたんか白状せい」

「よしてや、アッちゃん。ほんまやめたって」

結子が血相を変えて僕から引き離そうとするも、男は力を緩めない。血管の浮きでたその手首は僕のそれより若干細かったが、腕力はなかなかのものだった。

「誰もこそこそしとらん」

僕は男の空いているほうの手に注意をしながら言った。

「人の話をよう聞いてんか」

「なんやと」

「俺は正面切ってこの人の取材をしとる。たった今、そう言うたばかりやんか」

「よして、あんたもやめたって」

「ぶっ殺されてえんか、オンドリャ！」

「アッちゃん、ええ加減にせえや」

男の怒声と女の悲鳴が交錯する。店のスタッフはどうしているのかと目で探すと、厨房の入口に固まってこわごわとこちらをうかがっている。「内輪で片をつけろ」のポーズと判断し、僕は男に向き直った。

「ええか、何度だって言うたるけど、俺はこの人の旦那から小説を書いてくれと頼まれただけや。ただ金をもろて雇われた。俺なりの流儀を守ってこの人の小説を書こうとしとるだけやねんから、邪魔せんといてんか」

「誰が邪魔やねん！」

どんな脳味噌をしているのか、男は最後の一言にのみ反応し、怒髪天をつく勢いで飛びかかってきた。片手で胸ぐらをつかんだまま、もう片方の拳で切れのいいジャブをくりだしてくる。すかさずかわし、当たり損ねた相手がバランスを崩した隙に、足で腹を力任せに蹴りつけた。男の手が胸ぐらから外れ、その拍子に僕も後方へよろめく。二人同時に体勢を立てなおし、「やるんか」「やったるわい」と本格的な殴りあいが始まろうとした矢先、悲鳴を上げ続けていた結子がひときわ甲高い声を張りあげた。

「アッちゃん、ほんまにやめたって。その人、釜の男やねん」

マグマを垂れ流す活火山のようだった男が鎮火した。瞬時に冷めて墨と化し、力をなくした瞳をぽかんと僕へ向けている。

「な、アッちゃん」

歩み寄った結子がその肩に手を置いた。

「とにかく今日は帰ってんか。またうちからも連絡するさかい」

およそ彼のようなキャラクターの男が捨て台詞も残さずに退場するなどありえない。小説であれ映画であれ、必ず一語は毒を吐いていくものだ。こうして小説もどきを書いている以上、僕もぜひその慣例を踏襲したいところだったが、男は一語も残さずに立ち去った。決め手に欠ける拍子抜けの幕切れだった。

「ほんま騒々しい子やわ。堪忍な」

惚けたように立ちつくす僕に結子が言った。

「それより、あったで、あった」

一転して陽気な声に振りむくと、彼女はスナップ写真をぺらぺら揺らして笑っていた。

「うちの愛車や」

その夜、僕は辟易するほどジャガーの写真を何度も見せつけられ、上機嫌に酔った結子を部屋まで送り届け、それから自転車で六甲道のマンションへ戻った。

そして三ヶ月が経過した。

13

わかっている。いくら小説とはいえ、三ヶ月もの時はそう一足飛びに流れない。そして三ヶ月が経過した、の一語で片づけられる単位ではない。が、僕には僕の事情がある。ヒロインが消えた。

そう、結子が行方をくらましたのだ。

異人館ホテルでしたたか酔っていたあの夜が彼女を見た最後だった。以降、あの部屋へ何度電話をかけても応える声はなく、業を煮やした僕がホテルを訪ねても、そこに結子の姿はなかった。部屋にも、レストランの特等席にもいない。西洋かぶれのマネージャーはプライバシー尊重を理由に口を閉ざしているけれど、或いは既に部屋を引き払っているのかもしれない。

更に悪いことに、結子を見失ったこの時期、僕は二谷社長との接点も失っていた。あれだけしょっちゅう電話を寄こしていた社長が、六月末の催促を最後にぷつりと気配を消したのだ。

亭主ならば結子の居所を知っているに違いない。そう考えて僕から二谷邸に電話をしてみるも、応対したのは秘書を名乗る男で、事情を伝えると「追って社長からご連絡します」と事務的に告げられた。待てど暮らせど、しかし、社長からの連絡はない。やむなくもう一度電話をしたところ、やはり秘書の声で「追って社長からご連絡します」と返された。三度目の電話をする気になれずに今に至っている。

僕は悶々と考えた。二谷社長は結子の失踪に関係しているのか。或いは、社長もまた結子の失跡に動揺し、血眼で捜索中なのか。単に忙しくて僕にかまっていられないだけなのか。一部の筋書きすらも送ってよこさない僕を見限り、既に五人目の卵を手配済みなのか。

何ひとつわからないまま無為に時が流れ、結子に磨かれてつるつるしていた爪がくすんでいく中で、僕は次第に焦燥やいらだちを超越して居直っていった。

小説のヒロインはいない。雇用主さえもどこにいるのかわからない。けれど、幸か不幸か僕だけはここに取り残されている。ヒロインが消えようが雇用主が消えようが、書き手さえ残っていればとりあえず小説は成立するのではないか。

そうして僕はようやくこの小説を書きはじめたのだった。

見たことを見たまま、聞いたことを聞いたまま。そうせざるを得なかった理由がわかってもらえただろうか。

「礼司さん、アホちゃうん。社長も社長夫人ももうおらんのに、小説なんか書いてもしゃあないやん」

大輔の呆れ声をよそに、僕は日々ワープロに向かい、事の起こり——釜ヶ崎で暴動の起こったあの朝からの一連を辿りはじめた。結子に関する記録と記憶を再検証し、書くべき要素と書かざるべき要素とに振りわけ、書いても書かなくてもいいけれど書いたほうが面白いかもしれないシーンの有無をめぐっても悩みぬいた。去年の短篇とは比較にならないほど慎重に書いては消し、書いては消してをくりかえした。夜は夜で現場仕事を続けていたから、連日、僕は空が白むまで体を駆使して働き、明け方にソファベッドへ倒れこむように就寝、きっちり四時間後に起床するなり今度は頭を駆使して執筆、という毎日を送っていたことになる。

小説が肉体仕事と違うのは、やればやるだけ前進するとは限らないことだ。労働時間と成果が正しく比例することはまずない。猛烈にはかどる日があれば、一行も書けずに立ちすくむ日もある。書いた部分を修正した結果、逆に後退する日も少なくない。それでも、投げださずに書き続ける限りはどんな小説もいずれゴールを迎えることになるのだろう。

問題は、結子を見失った僕にはそのゴールがない、ということだった。

起承転結でいえば「承」の段階で、ヒロインは僕の前から中途半端に姿をくらました。おのずと小説もそこで行き詰まる。現に僕は今、この十三章で見事に行き詰まっている。結子が消える直前の十二章を閉じ、失跡の事情もこうして語りあげ、もはや書くべきことが見当たらない。

原稿用紙百四十一枚。要した日数は約七十日。決して短くない時間と労力を投入し、僕は今の僕が書き得る限りを書き尽くしたわけだ。

そして今、ひとつの選択を迫られている。

やるだけやったと納得し、ここで小説にピリオドを打つのか。

或いは、小説を書き続けるために僕自身がアクションを起こすのか。

14

「レイちゃん。あんた、戻ってきてしもたんか」

三角公園に近い廃墟同然のアパートを訪ねた僕を見るなり、松ちゃんは今にも泣き崩れそうな顔をした。

「ええ仕事にありつけたんやないんか。もうクビになったんか」

強く息を吸いこむと、どぎつい臭気にむせそうになる。松ちゃんの部屋はいつ来ても病室の匂いがする。アパートとはいえ三畳一間の狭さはドヤと変わらず、その大半を占める万年床では常に誰かしら病人が横たわっているとあって、足の踏み場がない上に一種独特の圧迫感がある。松ちゃんは一体どこで寝ているのか。

アラユルコトヲ　ジブンヲカンジヨウニ入レズニ。

玄関の壁に貼られた紙の文字を眺めながら、僕は松ちゃんに言い返した。

「そやなくて、ロッカーの延長に来ただけやて」

「ああ、さよか」

悲愴な表情がころりと笑顔に変わる。

「なら、ええわ。よう顔見せてくれたな」

「ついでにちょいと話がしたいんやけど、メシでも食いに行かん？」

「メシより酒がええな」

「昼間やで」

「かまへん、かまへん。はよ飲みはじめたほうが一日がはよ終わる。一日がはよ終わったほうが一生がはよ終わる」

松ちゃんらしからぬ投げやりな物言いの理由は察しがついた。ついさっき到着したばかりの僕でさえ、釜ヶ崎全体を覆う末期的な暗影には気が塞いでいた。前回、長期ロッカーの延長に来たひと月前よりも、また更に路上生活者の数が増えている。怒号が飛び交う暴動は過去の産物となり、もはや小石を飛ばす気力もなさそうな老人たちが公園という公園、路傍という路傍に仮の寝床を設けている。ボランティア団体の炊き出しに並ぶ人々の列も長い。

「四十一ヶ月ぶりの景気回復宣言なんて、ほんま絵空事やなあ」

ずぶずぶと首まで浸かっていくような絶望感の中、松ちゃんと行きつけの屋台へ歩きながらついぼやき声を上げた。

「不況の煽りを喰らうのはいつも底辺の労働者や。政治家も一度ここを歩いてみたらええわ」

「こないだ歩いとったで、府知事と浪崎矢須夫が」

「浪崎矢須夫……あの自民党幹部の？」

「そや、あの悪そうな面構えの」

「なんで浪崎がこないなとこ歩いとるねん」

「府知事とデート、ちゅうことはないやろな。なんやお忍びちゅう感じやったけど、ボディガード仰山《ぎょうさん》つけて、逆にえらい目立っとったわ」

「はあ」

「浪崎だけやない。最近、政治家やら企業のお偉いさんやらをあっちゃこっちゃでよう見かけるで。やっとこ野宿者対策に本腰入れてくれるんかいな。ま、生活保護もろくに出さん府政やさかい当てにはできひんけど」

　確かに、白昼堂々路上で麻薬が売られていようが、違法な建設業への労働者派遣が公然と行われていようが、あいりんは治外法権の特別区だと言わんばかりに看過してきた大阪府政だ。今になって突然、野宿者対策に立ちあがるとは考えづらい。では、なぜ政治家たちがここへ？

　考えあぐねる僕の横で、松ちゃんは路傍にうずくまっているおっちゃんたちに「生きとるか」「死んだらあかんで」などといちいち声をかけている。異常な暑さの続いたこの夏は例年以上に多くの野宿者が倒れ、区役所の掲示板に行旅死亡人の名を連ねたという。本格的な冬が始まれば、今度は凍死者がその欄をうずめるだろう。テレビのニュースでは報じられない日常的な死がここにはある。

「なあ、松ちゃん。今年の夏は何人、看取ってん？」

提灯も看板もない屋台で熱燗を流しこむこと数杯、僕は程よく火照ってきた松ちゃんに聞いた。

「さあ、何人やろなあ。数えきれんな」

死を目前にした野宿者を自分のアパートへ連れ帰り、最期を看取る。松ちゃんはこの釜ヶ崎でもう何年もそんなことを続けている。

「死んでも死んでも、まだまだ死にそうな者がおる。なんや死人を探して歩いとる死神みたいな気分になるわ。遺品がいくらで売れそうなんかも、今じゃ直感でわかるようになってしもた。追いはぎみたいなもんや」

「死神の追いはぎか」

声を揃えて僕たちは笑う。仕切りのない屋台の足下では十一月の木枯らしが渦巻き、冷気を腰まで突きあげてくる。

「それよりレイちゃん、あんたのほうはどないやねん。便りがないのはええ便りや思うとったけど、話ってなんや」

「いや、たいしたことやないけど、松ちゃんに聞きたいことがあって」

僕はジーンズのポケットに忍ばせていた写真を抜いた。

「この女、見たことあらへんか」

松ちゃんの目前に滑らせる。真っ赤なノースリーブ姿の結子を写したその写真は、あの夜、異人館ホテルで解禁された「近い過去」の一片で、酔眼朦朧《すいがんもうろう》の彼女からこっそり拝借したものだった。

「この女？」

小指のない手で松ちゃんが写真をつかみ、瞳に近づける。一瞬、その目にうっすら光が閃きかけるも、すぐにしぼんで見えなくなった。

「わしが知っとる女か」

「いや、もしかしたら釜に関係しとる女かもしれん思うて。松ちゃん、顔が広いやろ」

「悪いけど、憶えがないわ。こんな若い姉ちゃん、この辺におったらすぐ目につくはずやけど。レイちゃん、あんたこの姉ちゃんのケツを追って神戸へ行ったんか」

「ちゃうちゃう。この女は俺がバイトで引きうけた小説の主人公やねん」

「小説？」

成りゆき上、僕がこれまでの経緯を話すと、松ちゃんは声色を一変した。

「なんや、あんたカタギの職に就いたんやなかったんか。素人が小説書いて何百万ももらえるやなんて、えらい恐ろしい話やないか。うまい話は恐ろしいで、レイちゃん。悪いこと言わん、早いとこ手を引き」

「そやけど……」

「前金で百万もろたら十分やんか。ええか、レイちゃん。その百万を元手にまずはアパートを借りるんや。釜ヶ崎の外にまっとうな生活の土台を築きや。定住所さえ持っとったら定職も探せる。日雇い仕事から足を洗える。こないなチャンスはあらへんで」

「そやけど……」

「もう日雇いで食ってける時代やない。現にこの町は食ってけん野宿者で溢れかえっとるやないか。これからますますひどなるで。わしら年寄りは釜ヶ崎と心中するしかあらへんけど、あんたはまだやりなおせる。いつか必ずここを出てくちゅうて、あんたも約束したやんか。忘れたとは言わせんで」

忘れてはいなかった。が、しかし——。

「今はどうにも動けへん。まだ小説が途中やねん」

ようやく口を挟んだ次の瞬間、屋台がかたんと傾いた。松ちゃんの拳がカウンターの薄板を一撃したのだ。

「なにが小説や！」

見ると、カウンターに横一線の亀裂が入っている。うああ、と屋台のおやじは声にならない声をあげ、しかし、松ちゃんに抗議する度胸もなく青ざめている。元共産党幹部→元右翼幹部→元暴力団幹部、と物騒なエリート街道を歩んできた松ちゃんはいろいろな意味でこの界隈の有名人だった。

「なあ、レイちゃん。あんた、他人の小説と自分の現実と、どっちが大事なんや。そんなん考えんでもわかるやろ。だいたい、通常、バックレるのは前金をもろたほうの側や。前金払うた社長がバックレたちゅうのに、律儀に小説書き続けるアホがどこにおるんじゃ」

盃を握る手をわななかせている松ちゃんに、そやけど、と僕は落ちついて返した。

「そやけどな、松ちゃん。俺、小説書くのがおもろいんや」

「おもろい？」

「松ちゃんの言うとることはわかる。俺かて小説で食ってけるなんか、これっぽっちも思わんし、そやから前金にも一切手をつけてへん。そやけど、今回だけは最後まで書かせてくれんか。最初は確かに金のためやったけど、なんやいつの間にか書くことがおもろなって……夜は日雇いして、昼は小説書いて、体はきついけど、辛くないねん。一日があっという間に過ぎて、次の一日が楽しみやねん。充実感ちゅうんか、俺、久しぶりに生きとることにわくわくしとる。そやから、せめて小説を仕上げるまではやめとない。今はやめられへんのんや」

短い沈黙のあと、松ちゃんは「そか」と板の亀裂を手でなぞった。

「わくわくしとるんか。そか」

掠れたため息のような声で呟く。

「そら、ええのう。いつまでもわくわくが続けばええのう。そやけどひとつだけ言わしてや。人間、夢を食うては生きていかれん。特に社会から弾かれやすい性分の人間は、どんだけ必死で地に足をつけて歩いとったって、あかん風が吹いたら一息で飛ばされてしまうんや。用心して用心して、それでも飛ばされてしまうんや。あんたかて六年も釜におったらわかるやろ。自分を守れるのは自分だけや。その自分がしょっちゅう敵にもなる」

自分が敵になる。僕がこの町で知り合ったわずか数人の顔を思い出しても、その意味は痛いほどよくわかった。別れた家族に送るためにこつこつ貯めた金を一夜のギャンブルで使いはたし、首をくったおっちゃん。野宿生活の末にようやく生活保護を受けられることになった矢先、役所の担当職員の無礼にブチ切れ、路上へ戻ったおっちゃん。一キロ四十円のアルミ缶を奪い合って命を落としたおっちゃん。それは本人が弱いせいだと人は言うだろうが、一般社会の人間だって、ギャンブルもすれば逆上もすれば喧嘩も時にはするだろう。けれどもそれが命取りになりはしない。彼らはやり直しのきく世界にいて、それがぎりぎりの地平に生きる僕たちとは絶対的に違う。

「わかっとるよ、松ちゃん。そやけど心配せんで」

場の湿り気を払うように僕は声を張った。

「松ちゃん、前に言うてくれたやろ。人間、弱いところがあるのはしゃあない、そのぶん強いところを伸ばしたったらええって」

「言うたか、わし」

「言うたわ。それで俺は記憶力を伸ばしてん」

その証拠を示そうと、僕はさっき松ちゃんの部屋で目にした文章を最初から諳んじてみせた。ぺらぺらの紙に震えた文字で綴られ、ガムテープで壁に貼りつけられていた宮沢賢治の詩。

「あんた、あそこにおった五分かそこいらで、それぜんぶ憶えてしもたんか」

驚く松ちゃんににんまりと笑ってみせる。

「人間、弱みがあったかて、強いところを伸ばせばなんとかやってける。俺もそんな気がしてきたわ。そやから小説書きあげて、その先に何があるかまだわからんけど、頼むから心配せんといて。俺は昔の俺やない。松ちゃんに拾われた頃の俺ちゃうねん」

「レイちゃん」

松ちゃんが涙目で振りむいた。釜入りをした当初、人も自分も信じられずに心を麻痺させていた僕を思い出しているのだろう。

「よっしゃ、あんたを信じるわ。ほんまは少し楽しみやねんで、あんたがどないな小説を完成さすんか」

酒で赤らんだ頬をようやく弛緩させながらも、まだ一抹の懸念を引きずった瞳で「そやけど」と写真に向き直る。

「現実ちゅうのはままならんな。よりによって主人公が消えてまうとはなあ」

「ほんま、ついとらんわ」

「なんや色っぽいヒロインやさかい、男と駆け落ちでもしてしもたんちゃうか」

ささくれだらけの指で写真をつまみ、落ち窪んだ目に近付ける。その瞳の奥に「あ」と再び光が閃き、今度は消えずに残った。

「そや、どっかで見た気がする思うたら……」

ハッと振りむいた僕に、松ちゃんの指が示したのは結子の横にいる男のほうだった。

「この男も、この前、府知事たちとこのへんをうろついとったで」


三ヶ月ぶりにヒロインの声を聞いたのは、その十日後のことだった。

15

「あのな、来月頭の日曜日、パーティーを開く予定やねん」

結子は久々の対話に臆するでも失踪の理由を説明するでもなく、僕が電話に出るなり朗らかに言った。

「内輪のパーティーやけど、よかったらあんたも来いひん？　アッちゃんもあんたに会いたがっとるし」

内輪のパーティーとは何か。なぜ敦が僕に会いたがるのか。そもそも結子はどこにいるのか。今まで何をしていたのか。様々な疑問がいらだちを伴って湧きあがる中、同時に僕はひどく沈静し、しばらくぶりの安堵感に浸ってもいた。とりあえず彼女は元気で、生きていて、こうして僕に連絡を寄こしたのだ、と。

「あんた、どこで何しとるんや」

あえて憮然と尋ねると、結子にしては珍しく躊躇の間を置いて、

「どこかは言えへんけど、アレや、ま、自己投資みたいなことしとってん」

「自己投資？　なんやねん、それ」

「言わへん、言わへん。それより、とにかくパーティーに来てや」

「なんのパーティーや」

「伸太郎の誕生会」

誕生会。その響きの長閑《のどか》さに脱力した。

「はあ、そりゃえらいおめでとさん」

「もう八歳になるねんで。母親がなくても子は育つちゅうのはほんまやな」

「なんで俺があんたの息子の誕生会に出なあかんのか」

「おめでたい事やし、一緒に祝ってくれたらええやん。それに、アッちゃんもこの前のことな、あんたに悪かったちゅうて、改めて話がしたいそうやねん。な、誕生会にはうちの息子もアッちゃんも、元旦那も集まるんやで。小説の取材にちょうどええんちゃうの」

「そか。取材か」

「ほな待っとるわ」

田中口駅前の焼肉屋「牛王」に正午。一方的に告げられたその駅が和歌山市にあるのを知ったときにはあとの祭りだった。

見知らぬ子供の誕生会に県境を二つも跨いでいく。そんな自分に呆れながらも十二月頭の日曜日、さすがに自転車は諦めて僕は電車を乗り継いだ。途中、大阪駅前のデパートで誕生日プレゼントも購入した。玩具のマシンガン。今時の八歳がこんなもので喜ぶとも思えないけれど、手ぶらで行くよりはマシだろう。

十二時を十五分ほど回って僕が到着したとき、「牛王」の奥座敷は早くも朦々とした煙の中にあった。遅刻した僕を咎めるでも歓迎するでもなく、誰もが一心不乱に肉を貪り続けていた。

瞼の母と子の再会。さぞ複雑な空気だろうと想像していた僕には拍子抜けなほどに、そこにあったのはただただ激しい食事シーンだった。結子、敦、伸太郎、元旦那。誰もが等しく煙に巻かれ、がつがつと肉を喰らい、「タレ！」だの「ビール！」だの「ジュース！」だのと叫んでいる。結子と伸太郎が話をしている姿もそこいらの母子と変わらない。

「伸太郎、もっと肉を食べ。たっぷり栄養摂らなあかんで。スープなんぞほかしとってええから、詰めこめるだけ肉を詰めこんでき」

「肉、肉、やかましいわ。だいたいおかんの頭は古いんや。どんだけ肉を食うたかて、栄養ちゅうのは一定の量しか体に吸収されんのや。チャージがきかんて保健の先生が言うとった。そやから毎回、こまめにいろんな栄養摂るしかないねん」

この闊達そうな少年は、自分が生まれてすぐに家を出た母親とどうやって絆を繋いできたのだろう。

訝りながらも僕は少年の父親——結子の元亭主へ視線を移した。落語家の誰かに似ているけれど名前が出てこない。要するに法被《はっぴ》や扇子が似合いそうな中年男だ。その扇子で広々とした額をぴんと叩かせてみたい。そんな顔だ。結子と写真に収まっていた男たちの多くは性的魅力だけで人生を切りぬけてきたような色男だったが、二谷にしてもこの男にしても、結子は結婚相手にはその手のタイプを選んでいない。選んだ二人に共通するのは経済力の一点だろう。逆に、相反するのは二谷が底知れぬ貪欲さを匂わせるのに対し、元亭主はいかにも人がよすぎて損をしそうなところだ。現に、さっきから大事に裏返していた肉をのきなみ横から敦にかっさらわれている。

その敦は……というと、この日も相変わらずのチンピラルックで決めていた。若干の変化があるとすれば、今日は『探偵物語』の松田優作風丸メガネをかけていることくらいか。焼肉の熱で曇るそれをこまめに拭く一方、となりに座る伸太郎の口も紙ナプキンで拭いてやったりと、意外に世話焼きな一面も覗かせている。

興味津々に眺めていた僕と伸太郎の目が合った。

「おっちゃん。あんた、誰やねん」

不意に問われて返事に窮すると、結子が代わって伸太郎に言った。

「作家の卵や」

「なんや、それ」

「うまく孵《かえ》ったら作家になるかもしれへん人やねん」

「なんでそんな人がここにおるの」

「うちの小説を書くためや」

「おかんの小説？」

母親似のつるんとした頬を紅潮させ、伸太郎はますますもって困惑を深めている。

「なんでこのおっちゃんがおかんの小説書かなあかんのや」

「読みたい人がおるねんて」

「どこぞの変人か」

その問答の意味するところを思案した挙げ句、伸太郎は上目遣いに僕を睨みつけた。

「今の亭主や」

「あんた、今日のこれも小説に書くんか」

「書くかもしれへんな」

以降、下手なことを書かれたら沽券に関わるとでもいうように伸太郎は押し黙り、僕を猜疑の眼で牽制し続けた。機嫌取りに渡したプレゼントにもほだされず、包みを開けてみようともしない。

結局、怪しいおっちゃんという嫌疑が晴れぬままに卓上の肉が売り切れ、僕は強制退場の身となった。

「腹も満タンになったことやし、そろそろ母と子を水入らずにしてやろうや」

と、敦が僕と元亭主を促して奥座敷を離れたのだ。

立ちこめる煙と焼肉臭から解放され、粉のような小雨の舞う冬空のもとへ出るなり、

「あんた、次の角を右に曲がった先んとこに喫茶店があるから、そこでちょいと待ってってや。わしもこのおっさんと話つけたらすぐ行く」

敦の指示を受け、僕は言われるままにその喫茶店を目指した。僕のほうにも敦に聞き

たいことがあったのだ。

数分後、こだわり屋のおやじが一人で切り盛りしているような小さな喫茶店に入ると、そこには既に敦の姿があった。奥の隅にあるテーブル席で足を組み、ショートホープを吸っている。

「遅かったな。なにしとった」

「曲がる方向を間違えた」

「アホか」

「あんたは早かったな」

「そら、ネズミランドの打ち合わせだけやから」

「ネズミランド？」

「ここんとこ仲太郎がミッキーマウスにえらい入れこんどってな、浦安のネズミランドでクリスマスを過ごすちゅうのが定例行事やねん。それさえ念押ししたったら、あいつになんぞ用はない。しばらく一人で暇つぶしてきい、言うたった」

根本まで吸った煙草を灰皿にこすりつけて嗤《わら》う。

「どのみちおってもおらんでも、なんも変わらん男やけどな。髪も薄けりゃ影も薄い。結子もようあんなのと結婚したわ。いくら金持ちちゅうたって、あら面白みがなさすぎる」

「そやけど、ええとこもあるんちゃうの。誕生会やのクリスマスやの、子供に会わせてくれるんやし」

「会わせせんかったら家まで押しかけたるって脅したったんや。貴様んちの庭に本物のネズミ千匹送りこんだる、ちゅうてな、はは。世間体を気にする男にはこれが一番やねん」

脅迫か。呆れながらも非難の感情が湧かなかったのは、伸太郎といる結子の姿が目の裏に残っていたせいだろう。

信じがたいことに今日の結子は一滴のアルコールも口にせず、伸太郎が頬につけた米粒を指でつまんで自分の口に運んだりしていた。後ろで束ねた髪からはわずかな後れ毛が垂れ、顔には口紅すら引いていなかった。世の母親たちが持つ疲れた風情を必死でなぞらえているかのように。

彼女に限った話ではないが、小説のヒロインは様々な顔を持つ。

「そらそうと、こないだは悪かったのう」

店主が僕の前にコーヒーを運んで去ると、敦が改まって切りだした。

「あの日はついカッとなってしもて。ま、これでも悪気のない男やさかい、堪忍や」

あの日——忘れもしない。異人館ホテルのレストランに敦が現れ、なんやかんやと因縁をつけてつかみかかってきた。猛った獣のようだったその目が、結子の一声でみるみる醒めていった様までありありと憶えている。

「過ぎたことはええけど、実は、俺もあんたに聞きたいことがある」

僕は敦をまっすぐ見返した。

「あんたら姉弟は、釜ヶ崎におったことがあるんか」

頭を深くうつむけた敦の鼻から丸メガネがずりおちる。二本目の煙草でこつこつテーブルを叩きだした彼は、なかなかそれに火をつけず、僕の問いにも答えようとしない。探りあうような沈黙の中、そのとき、店主が敦の前に予想外の一品を運んできた。

「えらいお待ちどうさん」

チューリップ型の器に盛られた巨大なチョコレートパフェ。頂上のチョコレートアイスと生クリームをぐるりとバナナが囲んでいる。バナナパフェである可能性も捨てがたい。

「甘いもんには弱いんや」

悪いかとばかりにスプーンを取りあげ、生クリームを絡めたバナナをほおばった敦は、急に口を緩めてしゃべりだした。

「ガキの頃はこんな美味いもんがこの世にあるとは知らんかった。喫茶店なんて洒落たもん、そもそも釜では見たことあらへんしな」

——やっぱり。

僕は静かに納得した。結子の不在中、僕も僕なりにこれまで見聞きした事柄を検証し、整理し、考察を重ねてきたのだ。

「そやけど、なんでわかったんや」

「そらあんた、俺が釜の男ちゅうだけであんだけ豹変したら、誰かてなんやあると思うわ。それに、今年の夏、えらい暑かったやろ。あんたの姉ちゃん、天王寺動物園のホッキョクグマを心配してはった。普通、神戸に住んどったら王子動物園やないか」

釜ヶ崎に程近い天王寺動物園は中学生以下の入園が無料で、あの一帯にいる子供たちのいい遊び場になっている。僕も何度か仕事にあぶれた日に園内をぶらついたことがあった。

「ま、育った場所なんぞどうでもええわ。親があそこにおったから、わしらもあそこにおった。それだけのこっちゃ。結子かて、辛気くさい話はしとなかっただけで、あんたに隠す気はなかったと思うで。そら釜の出ちゅうだけで差別する人間も世間にはおるけど、あんたは同じ穴の狢《むじな》やし」

同じ穴の狢。確かに釜ヶ崎の住民同士にはある種の同胞意識がある。疎んじ合い、軽んじ合い、蹴落とし合いながらもその底には断ちがたい連帯感がある。今から思えば、二谷が僕に過剰な期待をかけたのも、同胞にならば結子が胸襟を開くと踏んでのことだろう。

「いつまで釜におったんか」

「結子は八つまでやな。そのあとすぐ側の天神ノ森へ移った。で、わしが十三、結子が十四のときに一緒に家出して、今度はキタへ行ってん。未成年でも夜の世界やったらどうにかこうにか生きてけるもんや。特に結子はアレや、男をぐらつかせるフェロモンちゅうのがあるもんで、引く手あまたやったで」

「二谷さんはそれを知っとるんか」

「結子は言うてへんやろな。二谷も結子の過去には無頓着ちゅうか、無頓着に見せたいエセ豪快男やから、内海《うちうみ》を雇うまではほとんどなんも知らんかったんちゃうか」

「内海？」

「あんたの前に二谷が送ってよこした三人目の卵や」

ウッチーか、と僕は結子の話を思い出した。

「一番熱心やった男やな」

「熱心ちゅうんか、ねちこいちゅうんか……ま、あの男はわしが追い払ったたし、書きかけの回顧録も没収したったけど」

「回顧録？」

「あんたは小説書いとるみたいやけど、今までの三人は結子の回顧録を書いとってん。ま、実際、書くとこまで漕ぎつけたのは内海だけやけどな」

「なんで原稿を没収したんや」

「ごっつ怪しい匂いがしたからや。これでも職業柄、鼻は効く」

「職業柄？」

「あんた、わしをただのチンピラや思うとるやろけど、これでもわしは興信所の社長やねんで。言うたら、探偵みたいなもんや」

伊達ではないというふうに松田優作風の丸メガネを人さし指で弾く。

「ま、確かにチンピラすれすれの探偵やし、社員かて一人しかおらんちんけな興信所やねんけどな。そやけど、裏社会には裏社会の需要ちゅうもんがあるし、表からは見えん情報網がある。その情報網で最近、二谷の名前を耳にした。大阪府が内々に進めとる計画に関する噂やねんけど、それを聞いた瞬間、内海の回顧録を思い出して、ビビッと来たわけや。名探偵の勘に狂いナシやな」

「言うとることがひとつもわからん」

「あんたは知らんでええことや。ただし、二谷はあんたが考えとるよりなんぼも大がかりなことを企んどるから、気いつけや」

柱の時計がくぐもった音を立て、それを合図のように窓を打つ雨脚が強まった。気配を消した店主の姿を探すと、カウンターの奥で一人将棋に打ちこんでいる。

僕は敦に額を寄せた。

「その大がかりなことちゅうんは、府知事や浪崎矢須夫も絡んどる話やないんか」

最後のバナナを口に含んだまま、敦がぴたりとスプーンの動きを止める。

「なんで知っとるんや」

「あんたが知っとることを教えてくれたら俺も言う」

「あかん。絶対、言えんわ」

「なんでや」

「なんでって、あんたに言うたら小説に書かれてまうやろが。そんなん二谷に読まれたったら、極秘調査が台無しや」

「わかった。それやったら、読ませへん」

「はあ？」

敦が当惑するのも無理はない。自分でも何を言いだすのかと正気を疑った。半面、こうなることはあらかじめ決まっていたような諦念もあった。

「二谷啓太には読ませへん。な、そやから教えてくれへんか。事実を知らな小説の続きを書けん」

「わからんわ。二谷に読ませんかったら、金かてもらえんのやろ。なんで小説書かなあかんのや」

「ゆうたら、自己満足のためや」

「自己満足？」

「男が勃起しとるもんを射精もせんで引っ込められるかい」

半ばやけくそで陳腐な啖呵を切ると、一瞬の沈黙ののち、敦が静かに丸メガネを外した。よく見るとつぶらな瞳がてらてら光っている。

「なんや、えらいわかりやすい喩え話やなあ。あんた、さすがは作家の卵や。気に入った」

敦の長話を聞き終えた頃には雨が上がっていた。粉のようだった雨は途中で一旦勢いを増し、一時はスコールさながらの雨音を轟かせながらも、僕が店を出る直前にぴたりと止まったのだ。

西の空からは微かな陽光が差しはじめ、濡れたアスファルトを銀色に照らしていた。水分を含んだ空気が肌に冷たく、足下からも這いあがってくるような冷気がある。

思えば五月の終わりに初めて結子と会い、炎天のもとで何度も自転車を走らせた。それからぷつりと彼女が消えて、長い空白の末にようやく戻ってきた。僕には抱えきれないほどの「小説の続き」を携えて。

頭の整理をしきれないまま焼き肉屋へ引きかえすと、奥座敷では伸太郎が座布団を枕にして寝息を立てていた。その脇には結子が足を崩して座り、ヤスリのような例の道具で息子の爪を磨いている。他人の爪を磨いて何が楽しいのか、ひどく安らいだ表情で。

僕に気づくと、微笑んだ。

「おかえり。えらい遅かったな」

僕は靴を脱がずに座敷の縁へ腰かけた。

「いろいろ聞いてきた。あんたの弟に」

「いろいろ？」

「いろいろ」

「昔のことも？」

「そや」

そか、と結子は低く笑い、伸太郎の手に視線を戻した。小さな刷毛のようなもので指先を払っていく。

「わかったやろ、うちが昔のことをよう話さへんかったわけ。わざわざ人に話す価値も、小説にする価値もない。それだけや」

「そんなことあらへん」

思わず語気が強まった。

「価値のない過去なんかない。どんな人生かて、世界にひとつの物語を持っとる。物語にする価値を持っとるわ」

振りむいた目と目が交わった。僕の言葉を冷笑するような、それでいてすがりつくような瞳。

「それ、ほんま?」

必ずこの女の小説を書きあげてみせる。敦の話に揺れていた心がこのとき定まった。

「ほんまや。そやから協力してくれへんか。小説を完結さすにはあんたの過去が必要やねん」

「アッちゃんから聞いたんやないの」

「あんたの口から聞きたい」

「そやけどうち、今、東京におるねん」

「東京?」

「今月いっぱいは自己投資に励まなあかん」

「その自己投資ってなんやねん」

「そやから、そんなん言われへん」

柄にもなく照れたそぶりで結子が言葉を濁す。

「来月には神戸に帰ってくる。それからでもええなら協力させてもらうわ」

「ほんなら待っとる。俺もそれまでにあんたの亭主と話をつけとくわ」

「二谷と?」

「小説、あの人に見せるのやめたんや。一応、説明しとかんと」

「アホちゃうの」

「同感や。そやけど、会うて確かめたいこともある」

「やめとき。あんたはもう関わらんほうがええ」

「もう充分に関わっとるわ」

苦笑まじりに息をつき、腰を上げたところで敦が便所から戻ってきた。

「なんや、歌丸はまだ帰っとらんのか。どこをほっつき歩いとるんや、あのハゲ」

毒づく敦とすれちがい、一足先に店を出た。そうだ、似ているのは落語家の桂歌丸師匠だ。この日初めて心の晴れる話を聞けた思いで店員にもらったガムを嚙み、駅へ向かって何歩か進んだところで、

「待て」

背後から尻に銃口を突きつけられた。

「手を挙げろ」

僕は掌を上向きにかざし、小さな刺客を振りむいた。

僕が贈ったマシンガンを仲太郎が必死でかまえている。靴も履かずに飛びだしてきたのだろう、足のソックスが雨水に浸ってずぶぬれだ。

「たぬき寝入りやったんか」

「余計なこと言うな、黙って要求きかんと命の保証はできひんで」

「どないな要求や」

「小説に、おかんの悪口を書いたらあかん」

「……」

「おかんのこと悪く書いたらあかん」

唇を横一文字にきつく結び、今にも濡れそうな目で僕を睨む。

「ええな。おかんが好きなんやな」

僕が微笑むと、伸太郎は「はーあ」と大きく息を吐き、虚脱したように銃口を下げた。

「好きか嫌いかちゅうたら、嫌いやったわ。ほんまに勝手な女やねん。頭の軽いアホ女やねん。ばあちゃんがいつも言うとった。家におらへんおかんのこと、しょうもない女や、ちゅうて朝から晩まで悪口言うとった。そやから俺も嫌いやってん。そやけどな、俺かて八つになるまで生きたらさすがにわかるで。あんなん毎日朝から晩までおかんの悪口言うとるばあちゃんと、悪口言われとるおかんがうまいことやってけるわけあらへんて。こらしゃあないわって、俺ももうガキやないから思うねん。おかんだけが悪いわけやない。しゃあないことや。そやから、ばあちゃん以外はもう誰もおかんの悪口を……」

伸太郎の声が潤んだ。もうガキではないから泣いてはいけないと堪えているのだろう。

小さく震えているその頭に僕は手を置き、ごしごしとこすった。

「安心せい。悪口なんか書かへん」

「ほんま？　ええ女に書いてくれる？」

「ええ女は……難しいかもしれんけど、おもろい女にはなるんちゃうか」

「ま、そのへんで手を打とか」

安心したように伸太郎が笑った。

「おっちゃん、プレゼントありがとな」

「おお。早速、役に立って本望や」

伸太郎と別れて駅へと向かいながら、たとえ二谷との契約を破棄したとしても、あの少年との約束は破るわけにいかないと責任を嚙みしめた。再び県境を二つ越えて神戸へと引き返していくあいだも、今日、敦に聞いた事実をどう小説にしたらいいものか、重い心で考え続けていた。

16

二谷結子は自らの生い立ちを語らない。彼女自身すら興味のない過去に、なぜ他人が興味を抱くのかそもそも理解できない。意味があるのは「今」だけで、生きるために必要なのは思い出すことではなく、忘れ去ることだ。ひとつ所に心を留めず動き続けることだ。右足が沈む前に左足を、その左足が沈む前に右足を踏みだせば、理屈では誰だって海さえも渡れる。止まることは沈むこと。二度と這いあがれない奈落の底まで沈下すること。結子はそれを本能的に恐れている。

生まれたのは大阪の漬物屋だった。若くして家業を継いだ父親は山っ気のある男で、漬物だけでは飽きたらず、次々と副業に手を出しては負債を抱えこんだ。虚栄心が強く、派手好きだった母親も一家の転落に拍車をかけた。

いつしか借金の泥沼に溺れていた一家が夜逃げ同然に釜ヶ崎へ移ったのは、結子が三歳の誕生日を迎える直前だった。幸いにして借金取りの記憶は結子にはなく、物心がついたときには既にくたびれたアパートの六畳一間にいた。壁越しに夜な夜な隣室の罵りあいが響くばかりでなく、和解後の喋々喃々《ちょうちょうなんなん》まで聞きとれる部屋だった。

万博景気によって大量の労働者が押しよせていたその時期、釜ヶ崎には良くも悪しくも荒っぽい熱気が渦巻いていた。父親は連日肉体仕事に励み、母親もまた近所のパチンコパーラーでパート勤めを始め、結子は留守番に明け暮れる幼少時代を送った。今も昔も釜ヶ崎には子供が少なく、一人の時間をまぎらす友達もいない。

それでも、父親がいるうちはまだよかった。毎朝、念入りな化粧を施してパート仕事に出かける母親は娘の目にもつかみどころのない女だったが、釜入り後の父親はそれこそ身を粉にして家族を守ってくれた。一方、生来の山っ気もニッカポッカのポケットに忍ばせ続けた彼を、結子は子供心に憎めない男だと感じていた。

「結子、見とれや。今はこないな暮らしやねんけど、こつこつ金貯めて、また新しい事業興して、今度こそどかんと一発当てたるさかいな。ほんなら結子は一夜にしてお姫さまや」

魂を引ったくられたようなやつれ顔で仕事から帰った夜、父親はよく瞳だけを異様にぎらつかせ、そんな野心を口にしたものだった。

しかし、金は一向に貯まらなかった。万博の終焉と共に釜ヶ崎は冬の時代を迎え、働こうにも求人のない日が増えた。のみならず、この期に及んで贅沢病が治らない母親の浪費が家計を圧迫し続けたのだ。

金があればあるだけ使ってしまう女だった。父親には元来内気なところがあった上、一家を追いこんだ負い目から強いことが言えず、互いに互いを責めないまでも許しもしない夫婦の微妙な均衡下で結子は成長した。

日に日に肥えていく母親と、痩《こ》けていく父親。そのコントラストは年々鮮明を極め、ついに釜入りから六年目のある日、父親がぷつりと事切れた。結子が八歳の年だった。風邪をおして働き続けた末に肺炎で倒れ、回復する力はその薄い体に残されていなかった。

第一次石油危機の煽りを受け、アブレ地獄とまで呼ばれた当時の釜ヶ崎で、結子は父を失った。が、母親は気丈すぎるほど気丈に「治してくれへんかったし」と病院への支払いを拒み、火葬場へ行けば料金を値切り、おとんに会いたいと泣く結子にこう言った。

「なんも泣くことあらへん。これからは社長さんが世話してくれはるさかい」

「社長さん？」

「パーラー桜の桜川一郎や」

得意げに告げられたその名前が、彼女のパート先であるパチンコ店のオーナーを指すことは結子も心得ていた。釜ヶ崎を中心に三十以上ものチェーン店を展開する地元の有力者。成金を絵に描いたようなあの男が、なぜ自分たち母子を庇護してくれるというのか。

訝る結子に充分な説明も与えず、母親は五年暮らしたアパートを嬉々としてあとにした。向かった先は同じ西成区内の天神ノ森だった。距離的には釜ヶ崎の目と鼻の先でありながら、阪堺線を越え南へと進むにつれて、がらりと街の雰囲気が変わる。悲鳴や怒声の轟かない静かな住宅地に桜川の所有するマンションがあり、その５０５号室が今後の住まいになるのだという。

「どや、結子。今までとは比べもんにならへんで」

確かに、風が唸るたびに倒壊を案じたアパートとは桁違いに豪奢な七階建て。その外観を一目見た結子の心は単純にも華やいだ。正面玄関をくぐって広々としたロビーをすりぬけ、エレベーターで上階へ向かうわずか数分間の高揚にすぎなかったけれど。

505号室の扉を開き、愕然とした。確かに広くて立派な玄関だった。リビングへ延びる廊下の左右には幾つもの扉が連なり、一体どれだけ部屋数があるのかわからない。湿気も黴《かび》も隙間風も雨漏りもアンモニア臭もなく、床を踏んでもミシミシと軋まない。

けれど、そこには結子が予想だにしなかった先住者たちの姿があったのだった。

結子たち母子を歓迎するでもなく、探るような目をしてひっそりと出迎えた八人——大人の女が三人、子供の男が二人、そして子供の女が三人。

この人たちは誰なのか。桜川一郎の家族？　それにしては女の数が多すぎるし、表情にも角張った固さがある。

混乱する結子に理解できたのは、この505号室が母と彼女だけに用意された城ではなかったという事実だけだった。

「初めまして、中江《なかえ》です。今日からこちらでお世話になります」

「社長から聞いとります。第三号店やそうで」

「ええ」

「うちは四年前から十一号店に勤めとります」

「うちは……」

母と女たちの会話を聞くにつれ、うっすら状況が見えてきた。彼女たちは皆、パーラー桜に勤める従業員であり、訳あって夫と別れ、子供と共にそこで暮らしているシングルマザーなのだ。各母子にはそれぞれ個室が与えられ、リビングやキッチン、トイレ、風呂は共同としているらしい。

「荷物の整理をしてくるから、あんたはここにいとき」

挨拶を終えた母親が自分たち母子に宛がわれた個室へこもると、リビングに一人残された結子は途方に暮れた。知らない大人たちと、知らない子供たち。今日からここでこの人たちと暮らす？

緊張と不安で泣きそうだった彼女に、そのとき、一人の男の子がにこにこと歩みよってきた。

「あのな、ええこと教えたる。ここはただの社員寮やないねんで」

とっておきの秘密でも分け与えるように、その男の子——当時七歳の敦は会心の笑顔で告げたのだ。

「桜川一郎の愛人寮や」

17

ここまで書いたところで電話が鳴った。

二谷か、と一瞬、期待した。仲太郎の誕生会へ参じた夜、僕は久々に二谷邸へ電話をし、結子に会った旨の伝言を秘書に託していたのだ。

しかし、通話口から聞こえてきた声は大輔のもので、期待からは外れていたにもかかわらず、僕はとっさに受話器を握る手を力ませた。

「なんや大輔、おまえ、どないしとるんや」

「礼司さん、久しぶり。元気にやっとる？」

「久しぶりっておまえ、自分ちに電話してきてなに言うとるんか。今、どこにおる？なにしとるんや」

これはあくまで結子を主体にした小説であるからして、二谷が関心を示さないであろう僕個人の周辺については極力筆を控えてきたのだが、結子と二谷が音信を断っていた頃、実はもう一人、僕のまわりから姿を消していた人物がいた。僕に二谷を紹介し、小説執筆の動機を与えた大輔。いわば火付け役の彼までが、この時期、なぜだか影をひそめていたのだ。以前から外泊は多かったものの、秋口あたりから本格的に帰ってこなくなり、どこで何をしているのか尋ねても答えようとしない。ここひと月は電話すら寄こさずにいた。

「そんな一遍に聞かんでや、礼司さん。箱入り娘の親やないねんで」

「ほんなら、まずはどこにおるのか言うてみい」

「今は訳あって言えへん。そやけど俺は俺でがんばっとるから、心配せんといてや」

「がんばるって、何を」

「そやから、ま、俺なりに正しい道を模索中やねん」

「そら結構な話やけど、おまえ、せめて連絡先くらいは言うときや。この前、おまえのおかんから電話もろて、連絡取れへんちゅうて泣いとったで」

「はあ、他に悩みがないもんで、その程度で泣けてまうんやろなあ。おめでたい話やわ」

吐いて捨てるように言う。大輔らしくない物言いだ。

「アホ、悩みのない人間なんかおるか。ええから、どこにおるんか言うてみい」

「仲間と一緒におる。みんなええ人ばっかりや」

「なんの仲間や」

「そやから、一緒に正しい道を模索する人たちや」

「そら返すがえすも結構な話やけど、おまえ、大学はどないやねん。ちゃんと通っとるんか」

「大学はもうええわ」

「はあ？」

「木之下先生は資本主義を見限って文学始めた言うとったけど、結局、文学部も同じことや。今の時代に作家を目指しとる奴なんか、世界のことをなんも考えとらんボンボンばっかりやで」

「おまえを見とればわかるわ」

「ハハ、そらそやな」

一瞬の間のあとで大輔が笑った。聞けば聞くほどうそ寒くなるような空笑いだった。

「そやけど、礼司さんはちゃう。礼司さんは誰の力も当てにせんで、体張って生きとるほんまもんの男や。そやから小説も本物やねんな」

「なに言うとるん、おまえ、俺の小説ろくすっぽ読みもせんで」

「今やから言うけど、俺、礼司さんの『釜の花』、読ませてもろてん。神戸に帰ってからじっくり読んだ。正直、ショックやったわ。俺はひと夏かけて一行も書けんかったのに、礼司さんは八日でこんなん書けるんかって。嫉妬がなかった言うたら嘘になる。そやけど、それ以上に俺は礼司さんを誇りに思うたで」

「大輔、俺は釜の兄ちゃんや。小説は酔狂で書いとるだけや」

「小説家にならんの？」

「小説がおもろいのは仕事やないからやろ」

「そういうところが本物やねんな。礼司さんにはぶっとい芯がある。俺にはない。それがずっと不満で、自分を認められへんかった」

「大輔、とにかく一度、帰ってこい。酒でも飲みながら話そうや」

「そやけど最近、思うねん。俺みたいなぺらぺらした奴かて、盾くらいにはなれる。立派な剣にはなれんでも、大事な人間を守る盾にはなれるんちゃうかって」

「おまえ、酔うとるの？」

大輔の声には憑かれたような危ういひたむきさがあり、それが僕を落ちつかなくさせていた。今さらながらひとつの疑問がひやりとした感触を伴って浮上する。大輔はいつも何の集会に参加していたのか？

「酔うて戯言《ざれごと》ぬかしたいんやったら、なんぼでもつきおうたるで。俺もおまえに話したいことが仰山ある。な、そやからまずは帰ってこい」

「また電話するわ。礼司さん、小説がんばってな」

「待て、大輔。おまえ、妙なこと考えとるんやないやろな。おい！」

すがるように怒鳴ったときには、電話は既に切れていた。

「大輔……」

もはやそれがなにものにも繋がっていないことを告げる不通音を聞きながら、このいやな感じはなんだろう、と僕は思いをめぐらせた。結子が消えたときとはまた別の、実にいやな感じ。あとから思えば家族をなくしたときの喪失感に近かったかもしれない。

18

突如、始まった見知らぬ住人たちとの共同生活。表立っては干渉せず、互いに陰から見張りあうような関係の中で、結子は徐々に５０５号室をめぐる大人たちの裏事情を学んでいった。

敦の言葉通り、５０５号室にいる大人の女たちは皆、桜川一郎と男女の関係にあること。結子の母親もその例外ではなく、桜川との仲はかなり以前から続いていたと思われること。桜川は同じマンションの７１０号室も押さえており、時々愛人の一人とそこへ消えること。桜川の自宅は高級住宅地の帝塚山で、そこには正妻が存在すること。

知るほどに505号室は薄気味の悪い魔窟鬼窟の類であり、知るほどに結子は心を閉ざしていった。最大のショックはやはり母親の裏切りで、もともと会話の乏しかった母娘はここへきて本格的に疎遠になる。

一人遊びに慣れていた結子は他の住人たちとも距離を置いたが、唯一の例外が敦だった。一歳下の敦は505号室では珍しくやんちゃな物怖じをしない少年で、なにかと彼女についてまわった。幼い頃に一家で釜ヶ崎へ夜逃げをしてきたという敦の境遇は結子と似たりよったりで、父親が死んだのではなくよその女のヒモになっているぶんだけ尚も不憫に感じられた。励ましあってきた姉も少し前に家出をし、寂しい思いをしていたという。それならば、と結子はカルピスの盃で敦と姉弟の契りを交わし、以降、二人は律儀にその絆を守った。

「これでうちらは姉弟やさかい、困ったときには助けあうねんで」

結果的にはこの約束が彼女を救うことになる。

中学に上がり思春期を迎えた結子は、それまで以上に505号室を忌み嫌うようになった。週に一度、職務のように部屋を訪れ、皆と夕食を共にする桜川の神経が耐えがたかった。平和共存という暗黙のルールに表面上では従いつつ、今夜は誰が710号室で桜川と同衾するのかと探りあい、牽制しあっている女たちが薄気味悪かった。何もわからない無邪気な年頃を装って、或いは物わかりのいい大人のふりをして、そんな現状に甘んじている子供たちにもいらだった。

「金のためならまだええ」

結子はしばしば敦を相手に憤りを吐きだした。

「桜川の金が目当てであそこにおるならわかる。そやけど、あの女たちは桜川の愛情を求めとる。あんな男に少しでも余分に愛されたくて張りあっとる。うちにはそれが耐えられへん」

居住者のみならず、505号室の空間そのものにも結子は馴染めなかった。最初こそその広さ、整然とした佇まいに目を奪われたものの、居着いてみるとそこは逆に広すぎ、整然としすぎていて落ちつかない。掃除の仕方、風呂場の使い方など随所につきまとう細かいルールにも辟易した。六畳一間での狭いながらもおおらかな暮らしが恋しかった。

おのずと505号室から足は遠のき、外出がちになる。学校帰りや休日は日が暮れるまで友人宅に入りびたり、暗くなるとミナミの繁華街へくりだした。夕食は大抵、街中で知りあった男たちが奢ってくれた。

そんな浮ついた日々の中、結子は徐々に自分の女としての存在感がほかの女友達よりも一頭地を抜いているのを自覚していった。数人連れで歩いていても、男たちが声をかけてくるのは結子ばかり。まだ中学生にすぎない自分に、いい大人の男までが関心を乞うような目を向ける。

「結子ちゃん、軽い女と見られとるんちゃうの」

僻《ひが》んだ友達に嫌味を言われても、彼女は「かまへん」と笑い飛ばした。どう見られようがかまいはしない、見られることそれ自体に意味があるのだ。息を殺してたった一人の男を見つめるより、大勢の男から見つめられるほうがいいに決まっている。

瞬く間に少女から女へと化けた結子は、505号室における「たった一人」である桜川をも刺激した。彼女へ向けられる彼の目つきが変わってきたことに敦も気づいていた。熟する直前の果実を狙っているような、落下するまで待とうかもぎとろうか思いあぐねているような。

「ええか、結子。悪いこと言わん、十五になるまでにここを出ろ」

ある日、敦はいつになく深刻な声色で警告した。

「十五になったら桜川に食われてまう」

19

ここまで書いたところで再び電話が鳴った。

大輔か、と期待して出ると、今度は二谷からだった。

「何度か電話をもろたそうやけど、なかなか連絡できんで堪忍な。ま、いろいろあって忙しいて、忙しいて、どうにもこうにも時間が作られへんで」

電話の声は遠く、水の中のようにくぐもって聞こえたが、しゃらりとした上調子はいつも通りだった。

僕との連絡を断っていたこの数ヶ月、彼がめっぽう忙しかったのは事実だろう。が、こうして連絡を寄こしたのは隙《ひま》ができたからではなく、例の伝言のせいに違いない。

「ところで、うちの女房と会うたそうやな」

案の定、二谷は早速、探ってきた。

「大阪で会うたんか？　あいつは今、東京におるはずやねんけど」

「和歌山です。息子さんの誕生会に帰ってきとって」

「息子？　ああ、おったなあ、そういえば」

「ご主人なのにそんなことも知らんのですか」

「元亭主が育てとる息子の誕生会まで関知できるかい。ただでさえここんとこ出張続きで、今もアメリカにおるとこや」

「アメリカ?」

「二十九日には戻る。三十日に会わんか」

久しぶりに話がしたいと言う。望むところではあったが、次なる誘いには少々抵抗を覚えた。

「うちの場所は憶えとるやろ。十一時に待っとるわ」

「場所は、僕に決めさせてもらえませんか」

「なんでや」

「たまには外でデートもええんちゃうかと」

電話の通話口を重量感のある沈黙が塞ぐ。

「結子になんや聞いたんか」

「まあ、ぼちぼち」

「あの女は大嘘つきや。うかうか信じたらアホみるで」

「そやけど、主人公を信じんかったら小説なんか一行も書けへんし」

再び受話器が黙した。息を呑むような沈黙。

「小説、書いとるんか」

「二谷さん、あんたが書けちゅうたんです」

「そらそうやけど……わかった。ほんならその小説も三十日に持ってきてくれんか」

「あいにくやけど、できません」

「なに？」

「あの原稿はあんたに渡さんことにしたんです」

「言うとることがわからん。私はあんたの雇い主やで。前金だって払うとる」

「そやけど、その雇用関係はそもそも嘘の上に成りたっとったんちゃいますか」

「嘘？」

「あんたはフェアやなかった。ほんまの目的を隠して、人を騙しとった。そんな雇い主に小説を渡す義務はあらへん思います」

「わかりやすく言うてもらえんか」

「会うてからお話しします」

空耳でなければ舌打ちが聞こえた気がした。

「ほんなら三十日の十一時、場所は秘書にでも知らせとき」

返事を待たずに電話は断ち切られた。

現実世界の人間たちは皆一様にせっかちで、誰一人、書き手のペースなど考えてはくれない。

20

桜川一郎は信念の男だった。彼の祖父が興したパーラー桜が戦時中に営業停止へ追いこまれ、再起の夢叶わずに米軍の空爆で散り乱れたとき、焼け野原と化した故郷で子供心に彼は誓った。失ったものをこの手で取り戻してみせると。

そして実際、失った十倍以上を彼の代で取り戻し、パーラー桜を名だたるチェーン店へと発展させた。地価が安く、博打好きが多い釜ヶ崎を本拠地に選んだ商才に加え、人たらしの彼が地元警察やヤクザと築いた特殊な友情もまた大いにものを言った。従業員からも不思議と信望の厚い男だった。事実、桜川には社会的弱者に対する義侠心があり、シングルマザーや障害者たちを積極的に雇用していた。人格者と彼を評する者さえいた。

しかし、下半身はケダモノ以下だった。どうしようもなかった。若い時分は言うに及ばず、還暦を過ぎてもなお彼の性欲は猛々しく、ひとたび劣情を催すと小匙一杯ほどの自制心も働かない。欲望のままに交わった女たちを囲って面倒を見るあたりは律儀とも言えるが、タチが悪いのはそれら愛人の連れ子にまでも手を出したことだ。

「十五になったらもう子供やない、女や。それが桜川の持論やねん。ワレが食わせてきた子供やねんから、女になったら食うてもかまわん思うとる」

手前勝手な持論のもとに敦の姉も十五で桜川の毒牙にかかったこと。実の娘への嫉妬に狂った母親との確執が姉の家出の原因であったこと。信じがたい事実を敦から突きつけられ、結子は改めて桜川の底知れぬ情欲に戦慄した。

なんとしても十五になる前にここを出なければいけない。あの母と二人、息を殺して一人の男を待つなんて冗談じゃない。切羽詰まった彼女は本気で自活への道を探りはじめ、職を求めて街をさまようようになる。

最初は住みこみ可能な職場がいい。そして年齢を偽れる所。給料は高ければ高いほどいいに決まっている。結局、辿りついたのは水商売だった。幸いにして結子の体は既に充分すぎるほど大人の色香を醸しており、ホステスの職ならば探さずとも黒服のほうから声をかけてきた。彼女はそのうちの一店と好条件で契約し、十五を迎える夜から寮住まいをする段取りを取りつけた。

命取りは、その計画を母親にそれとなく仄めかしたことだ。

「うちはもう一人でも生きてけるさかい、何があっても心配せんとってな」

警察に捜索願など出されたらかなわないと思っての牽制だったが、自分はまだ母という女をわかっていなかったと、あとからこれを悔いた。

毎夜となりの布団で寝ている母親が深夜を過ぎても帰宅しなかったのは、結子が十五歳の誕生日を数日後に控えたある夜のことだった。久しぶりに710号室へ誘われたのかもしれない。だとしたら、明日の母親はさぞかし上機嫌だろう。そんなことを考えながらうつらうつらしていた彼女は、ふと肌に人の温度を感じて、飛び起きた。

「騒ぐな。じっとしとき」

どろりと濁った目を間近に捉えて、仰天した。シャツとズボンを脱ぎすてた桜川が布団の中にいた。

「結子、わしはおまえを逃がさんで。絶対、どこへも行かせんし、誰にも渡さん」

怯える結子を桜川はしゃにむに抱きすくめた。

「所詮、女は誰かの女になるもんや。それやったらわしの女になれ。わしの女になったら誰より可愛がったる。欲しいもんなんぼでも買うたるし、ここにおるのが嫌やったら、もっとええ部屋かて用意したる。わしの女やねんから遠慮はなしや」

生暖かい桜川の息を受けながら、結子の頭をそのとき掠めたのは母親だった。彼女は娘の自立計画を桜川へ内通し、彼の夜這いに協力したのだ。恐らくは桜川への従順を証《あか》し、愛人としての地位を確たるものにするために。

あんな女は母親じゃない。脚を這う桜川の指先に震えながら結子は憎しみに悶えた。そうだ、私はずっとあの女を憎んできた。くだらない浪費のために家族の食費を削り、死ぬまで父親を働かせ、自分はパート先の社長と関係していた女。私が耐えられないのは桜川に抱かれることじゃない。あんな女と同じ男を共有することだ。

自らの心の底を覗き見た。瞬間、彼女は絶叫していた。喉が割れんばかりに声を振り絞り、口を塞ごうとする桜川に猛然と抵抗した。足を蹴り、指を嚙み、力の限りに身をよじった。余裕の表情で押さえこもうとする男と、泣き喚きながら暴れる少女と――力の差が露わな揉みあいが続き、突如、桜川が小さく呻いた。結子にのしかかっていた体がみるみる力をなくし、そのせいで一層重みを増す。

頭を起こすと、布団の脇にバットを握りしめた敦がいた。

「結子、逃げるで」

当時既に一人前の不良と化し、日夜喧嘩に勤しんでいた敦にとって、ブリーフ一枚で横たわる桜川などはものの数ではなかった。急所を外してしたたか痛めつけ、桜川がぐったりとした隙に、結子と二人、身のまわりの荷物だけをまとめて505号室を飛びだした。

結子が十四、敦が十三の秋だった。

21

二谷社長と会う前日までに、どうにかここまで書きあげた。他の章と比べ、結子の過去を綴ったこのくだりにはひどく手間取ったが、それには幾つか理由がある。

まず第一に、書いていて楽しい話ではなかった。結子の過去が愉快なものだと考えていたわけではないけれど、いくらなんでもこれはないだろう、と僕は書きながら何度も嘆息した。不幸を張りあうわけではないが、僕以上にツイていない人間も珍しい。

第二に、敦の話をどこまで真に受けるべきかという問題があった。虚言癖とまでは言わないまでも、敦には明らかに誇張癖があり、やたらと話を大きくしたがる向きがある。たとえば桜川に襲われた結子を救う場面で、実際のところ敦は僕に「ライフル銃を手に部屋へ押し入った」と息巻いたのだが、どう考えても十三歳のガキにライフル銃は入手困難だろう。いいところバットがせいぜいだ(少々気になって調べたところ、あの金属バット殺人事件の起こったのがこの二年前だった)。他にも「710号室で桜川に抱かれる女たちのよがり声が505号室まで轟いた」だの、「姉弟の契りを交わす儀式には羊を一頭生贄に捧げた」だの、現実を遥かに超越した脚色が多すぎる。もしかしたら僕の小説を面白くしてくれようとしているのかもしれないが、要らぬお世話である。

最後に、僕自身の感情という難題があった。結子本人を知っているせいだろうか、客観的に綴るべき文章に、どうしても個人的な情動が滲んでしまう。こと桜川に関しては、ややもすれば暴走しがちな筆を制御するのに苦労した。

一方、敦の話に不足していた結子の心理描写を僕の想像で補った箇所もある。つまり、これは敦に脚色された結子の過去に僕の創作を加えてこしらえた話、ということになる。

ともあれ、腐心しながらも今日中にここまで漕ぎつけられたことには胸を撫でおろしている。少なくとも、これで結子の真実の一片がこのワープロのフロッピーに保存された。万が一、僕の身に何かが起こった時には、大輔はきっとこの小説を読もうとするだろう。

約束の明日、僕は二谷啓太と会う。

二十二章ではそれを書く。ぜひとも書きたいと思っている。

舞台は通天閣だ。

22

師走の大阪はいつにも増してむんとした熱気に満ちていた。なにしろ明日は大晦日、一九九五年の幕開けまで残すところ二日だ。ミナミの黒門市場はさぞかしすごい人だろうと思いつつ、僕は毎度ながら目のちかちかする新世界の通りをジグザグと走りぬけ、喧噪にまみれた塔の下に自転車を停めた。

塔は塔でも、東京タワーやエッフェル塔とは見るからに一線を画する難波のシンボル、通天閣。この夏に大改修を終えたばかりの外観には依然として一寸の洒落っ気も見られず、「上れりゃええやんけ」と言わんばかりの無骨さを保っている。

塔の周辺では着ぐるみのビリケンが愛想を振りまき、リヤカーを引いたポン菓子売りがまどろみながら客を待ち、女子高生の団体がピースピースと集合写真を撮り合っていた。薄曇りの空からは微かな陽が射しこみ、凍てついた大地に暖色を注いでいる。どう見ても平和な午後だった。

チケット窓口で入場券を買い、エレベーターを乗りついで五階へ上がると、そこにもまた安らかな人々の群れがあった。展望台の八角形に沿ってめぐらされた窓を、家族連れやカップルたちの後ろ姿が塞いでいる。

しかし、どうやらその人垣はある一点に集中しているらしいことに、程なく僕は気がついた。梅田の高層ビル街や大阪城などの見所が多い北向きの窓。人類の英知と達成を一望できる方角だ。

裏へ回ると、南向きの窓はむしろ閑散としている。ジャンジャン横丁や阪神高速道路など見るに足らないということか。

加えて、場違いなビジネスマン風の男が一人、南西の窓に陣取っているのも人が寄りつかない理由のひとつかもしれない。

背後から歩み寄り、声をかけようとした矢先、ガラスに映った影に気付いた二谷が振りむいた。

「しばらくやな」

「お待たせしてすみません」

「まさかこないな場所を指定されるとは思わんかったわ」

「デートの王道ちゃいますの」

軽くボケてみせるも、笑いは返ってこない。窓を背にした二谷は口角を下げたまま、デートの初っぱなからホテルへ連れこむ手筈を思案する男のような勇み足で「それより」と切りだした。

「説明してくれんか。あんたの小説を私に寄こせんちゅうのは、どういうことやねん」

身長百八十五センチはあるだろうか。長身痩軀の二谷はそれだけで威圧感があり、その頂にある独自の光が僕の目を捉えて離さない。が、それは俗にいうオーラとは少々趣を異にする。もはや僕は何があってもこの原稿を二谷に渡す気がないので下手なおべっかはやめることにするけれど、約半年前に二谷邸で初めて対面した際、大輔が「二谷社長は金色のネクタイをしていた」と思いこんだのは、本当のところ彼の魅力や経済力による錯覚ではなかった。少なくとも僕たちは彼にいかなる後光も感じはしなかった。ただひとつ、四十にしては艶やかすぎるほど広く禿げあがった二谷の額こそ、大輔の目をくらました真因ではなかったろうか。

「あんたのほんまの目的がわかった。だから原稿は渡せん。それだけのことです」

「ほんまの目的？」

「あんたが俺を雇った理由や」

「なんのことかわからん」

「内海の原稿を読みました」

「内海？」

「あんたが雇った三人目の卵です」

二谷が細い目を見開いた。太陽の照り返しでも受けたような顔だが、窓外の空には薄い雲の膜がある。

「ほんまにけったいな原稿でした。回顧録と銘打ちながら、綴られとるのは結子さんの人生の一握りだけ……二十七年間のうちの、ほんの数年間だけやった。あんたが指図したんでしょう」

「なに言うとるねん」

「もう大方の見当はついとるんです、二谷さん。とぼけたところで時間の無駄や。それより、あんたがほんまのことを話してくれたら、俺も小説を渡す気になるかもしれん」

二谷の表情が変わった。

「敦やな。あいつがあれこれ吹きこんだんやろ」

「結子さんからも聞いとります。内海ちゅうのはえらいがんばり屋の卵やったそうですな。その甲斐あってか、ある日、結子さんは普段は言わん昔のことを内海の前で口にした。それからやそうですね、内海がそのことばっかりねちこくほじくり返すようになったんは。二谷さん、あんたが内海に命じたんやろ、結子さんから桜川一郎の話をもっと聞き出せ、と」

桜川一郎。この名に反応するように、カツン、と足下から尖った音がした。よく磨かれた革靴の踵で二谷が窓ガラスを蹴ったのだ。

「あんたは小説にかこつけて、結子さんから505号室の醜聞を聞き出そうとした。愛人の子らが受けた仕打ちを暴いて、桜川に圧力をかけるためや。そうやないんですか」

渋面で黙する二谷と僕の視線が縺《もつ》れ合うように交差した。

「例の計画のために、釜からパーラー桜を追い払う。全てはそのためやったんちゃいますか」

眼下の街は仄かに霞んでいる。強化ガラスと薄ら陽と、二重の膜を通して見下ろす万物の線は鈍い。個と個の境界が淡く、まどろむようにぼやけている。それでもひとたびその地へ踏みこめば、そこにはやはり確たる境が無数に存在する。

南西の窓から真正面に見える関西本線の新今宮駅。西と東を結ぶその線路の向こうに僕は瞳の焦点を結ぶ。わずか二十ヘクタールの長方形、見えない枠で閉ざされたその一角が釜ヶ崎だ。遠目には他の町並みとなんら相違がないけれど、よく目を凝らせば労働者の砦であるセンターが見える。西成警察署が見える。ホテルとは名ばかりの大小様々なドヤが狭い往来にひしめきあっている。望遠鏡を使えば路傍で凍えている野宿者たちの姿も見えるだろう。人々がその視界に寄せつけようとしないのはジャンジャン横丁や阪神高速道路ではなく、彼らの平和に水を差す貧困の影かもしれない。

「二十ヘクタール。たったあれっぽっちの区画に、二万も三万も人が住んどるとは思えへん。あれっぽっちの地域に十九軒ものパチンコ屋があるちゅうのも、ピンと来いへん話や」

ざらついた街影を見やりながら、僕は長くて重い沈黙を破った。

「そやけど、釜には博打好きが仰山おる。食うもん食わんでも博打はやめへんおっちゃんたちがおれば、そこに目をつけて成りあがり、難波のパチンコ王とまで呼ばれるようになった男もおる。あんたらはその王様を追放して、あそこに新しい王国を建てるつもりやねんな」

二谷が大きく息を吐き、宙に放ちすぎた何かを取り戻すように再び口を開いた。現れたのは意外な一言だった。

「大阪のためや」

「大阪？」

「大阪府の副知事がそう言うとる。大学時代の仲間やった大城ちゅう男や。大阪の財政はどえらいことになっとる、このままやったら遠からず破綻する、ちゅうのが奴の口癖やねん。儲かりまっかで知られる大阪の経済がなんでこないなことになっとるんかわからんけど、立て直すにはよっぽどの荒療治が不可欠なんやと。それが難波のベガス構想ちゅうわけや」

「難波のベガス構想」

「あいりん地区を中心とした約五十ヘクタールをカジノ合法地帯にする一大計画や」

窓越しに見やる釜ヶ崎がふっと僕から遠のいた。そんな気がして目を細めた。

知らなかったわけではない。大阪府が秘密裏に進めているこの計画については、既に敦からあらましを聞いていた。が、二谷の口から発せられる今の今まで、それはリアリティを帯びていなかった。

「構想自体は別段、珍しいもんやない。カジノは巨利を生む地方経済の救世主やねんから、本音を言えばどこの自治体かて欲しいて欲しいてしゃあない。そやけど、近隣住民の反対が恐ろしゅうて、うかつなことは言われへん。カジノを造れば街の治安が乱れる、ガラが悪なる、地価が下がる、ちゅうてどこの住民もヒステリックに反対するからや。ところが、大阪にはこの問題で頭を悩まさんですむ場所がある」

二谷の指先が窓ガラスに触れた。指し示す区域は見るまでもなかった。

「これ以上、ガラが悪なる余地がないあのドヤ街やったら、カジノの街にしたかて府民は文句を言わん。逆に、あのションベン臭い界隈を一掃したったら、近隣住民は泣いて喜ぶわ。カジノ街ができれば治安が良くなる、雇用も増える、外国人観光客も押しよせて商売繁盛、ええことずくめや。府政はこのベガス構想に大阪の命運を賭ける覚悟でおる」

彼が言うションベン臭い界隈には、僕同様、その日の労働でその日の飯代を賄いながら這うように生きている人々がいる。カジノの街ができたら彼らはどうなるのか。腹からせりあがってくるその声を、僕は喉元で押し留めた。呼吸を鎮め、冷たい窓に掌を押しつけ、無機質なガラスとの融合を図った。この平和な午後を守るため、そして小説完成に必要なピースを二谷の口から引きだすために。

幸い、調子づいてきた二谷は促すまでもなく得々と語りだした。

難波のベガス構想。約二年前にこの計画を立ちあげた長田《ながた》府知事は、まずは非公式の推進委員会を組織し、大城副知事をその長に据えて根回し活動を開始した。カジノ反対派が騒ぎだす前に、まずは水面下で政財界の要人たちを抱きこみ、外堀を埋める策を取ったのだ。

が、箝口令下での支援者探しは難航した。地方経済の活性化は望ましい。かといってギャンブルに頼るのはどうなのか。府政のモラルを云々する意見が多数を占める中、そんな形勢を一気に覆す転機がやがて訪れた。

政界の裏ボスと言われる自民党幹部の浪崎矢須夫が、大阪ベイエリアの視察後に行った長田府知事との非公式会談中、ベガス構想への支援を密約したのだ。

「国庫のためは国家のため」なる信条を堂々掲げる浪崎は従来からのカジノ推進派で、ゆくゆくは全国規模でカジノを地方振興の起爆剤にしていきたいとの考えを持っていた。その第一弾として、大阪へのカジノ誘致を強力に後押しすると約束したのだった。

鶴の一声、浪崎の一吠え。永田町ではそんな囁きまで聞かれていた浪崎の参画に、難波のベガス構想はいや増し現実味を増した。浪崎に続けとばかりに各界の要人たちもこぞって支持を黙約した。

第一関門をクリアした推進委員会の次なる課題は、法整備へ向けての裏工作だった。法整備とは即ち、釜ヶ崎を日本初の観光特区として定め、特例的に賭博を認可させる新法の制定だ。現日本の賭博禁止法のもとでカジノを営むための抜け道であり、これが通れば大阪は日本における合法カジノの先駆けとなる。浪崎の後押しもあって推進委員会は各党幹部との密約を取りつけるに至ったが、そこにはひとつの条件があった。

居住者とのトラブルを回避すること。

あいりん地区をカジノ街にしたところで、確かに周辺住民は文句を言わないかもしれない。が、その区内で生計を立てている居住者の反発は避けられないだろう。世論を敵にまわさぬよう、強硬策は控えて穏便な交渉を厳守すべし。

この条件を前にして、推進委員会は再び頭を抱えることになる。住民票も選挙権も持たない流れ者たちは「居住者」のカテゴリーから除外するとしても、釜ヶ崎で商売を営む地元民の声は確かに無視できない。

釜ヶ崎の商売人はがめつい。逆に言えば金で動く。事実、あの一角のドヤを牛耳っている川田一族は、推進委員会が陰《いん》に持ちかけた立ち退き話に飛びついた。個人経営の商店も然り。金さえ入れば誰しもあんなドヤ街にしがみついている理由はないのである。

問題は、金で動かない商売人だった。

ベガス構想の前に立ちはだかる最大の関門。

悪くすれば激突し、計画自体が大破しかねない頑強な障壁。

それが、カジノの宿敵、パチンコ業界だった。

「パチンコ業界がカジノを目の敵にしとる理由は言わずもがなやろな。日本にカジノができたらパチンコ客を奪われる。最悪、パチンコ絶滅や。そやから連中は合法カジノにごっつ神経を尖らせとる。ベガス構想の最大の非運は、あいりん地区にあの桜川一郎がおったことや」

カツン。再び足下で音が鳴った。

「パーラー桜十九軒、あれがあの地区にある限り、カジノ街など造られん。計画の立ちあげ当初から、推進委員会は桜川対策に頭を悩ませとった。現に、これまで何度も連中は桜川への接触を試みて、そのたびに玉砕してきとる。カジノの話なんぞ一切出さんで、単なる都市計画の相談として持ちかけとるのに、あの男は頑として交渉の席にも着こうとせん。打つ手がないちゅうて会うたび大城がこぼしとった」

それは、と僕は注意深く尋ねた。

「あんたと桜川の繋がりを知ってのことですか」

「知っとるも何も、私よりも大城が先に知ったくらいや」

「先？」

「大城は例の結婚パーティーの幹事やってん。新婦は竹から生まれた、ちゅうて紹介した例の幹事や。そのギャグ自体は全くウケへんかったけど、パーティー中に大城は結子の元フィアンセを名乗る男から言われたらしい。結子が昔の話をようせんのは思い出しとないからや、母親が桜川一郎の愛人やった頃、あの子はひどい目に遭うとるねん、と」

元フィアンセを結婚パーティーに招く新婦の心は知る由もないけれど、その男はそこで大城に505号室の存在までも仄めかしたのだという。

「それを大城は憶えとったんやな。桜川問題がにっちもさっちも行かんで、推進委員長の責任までが問われ始めた頃、追いつめられた大城が私に言うてきた。正面からぶつかってもあかんのんなら、裏から駆け引きするしかない。今の桜川からは悪い話が出てこんけど、おまえのかみさんの過去を探ったら、なんや有利なカードが出てくるんちゃうかって」

「有利なカード?」

「真面目人間の大城に言わせたら、愛人たちを同じ部屋に住まわせるような男は、どんな悪さをしとるかわからん、ちゅうわけや。正直、私は半信半疑やったけど、それで大城の気が済むんやったら思うて一肌脱いだることにした」

西側の窓でいちゃついているカップルを横目に二谷が言った。

「問題は、方法やな。それまで結子の過去になんも興味を持たへんかった私が、いきなり昔の話を根掘り葉掘り探りだしたら不自然やろ。そもそも結子とは滅多に顔も合わせんで、夫婦の時間もなくなっとった時期やったし」

「興信所に頼む気はなかったんですか」

「どこの業界も横の繋がりはバカにできん。結子の調査なんぞ興信所に頼めば、すぐ敦に知れてまう。大城も裏の世界には何度も機密情報をすっぱ抜かれて痛い目に遭うとるさかい、用心深うなっとるねん」

「はあ、なるほど」

「どうしたもんか考えとった頃、東京の兄から珍しく私宛に小包が届いた。開けたら本が出てきた。兄の嫁さんが書いた回顧録や」

思い出したように二谷が口元を緩め、僕もつられて失笑した。

回顧録。確かに、人の過去を掘り返すのにこれほど自然なやり方はない。

そこから先は聞くまでもなかった。二谷は自費出版を建前に作家の卵を雇い、彼らが桜川の脛の傷を嗅ぎつけるのを待った。若い男ばかりを宛がったのも作戦の一つに違いない。

「実際、そんなに計画通りにはいかんかったけどな。そもそも結子本人が回顧録の出版なんぞ望んどらん。一人目が三日で音を上げたとき、こら簡単にはいかんと覚悟した。二人目と三人目はほぼ同時に雇って、二人目も十日と持たずにギブアップや。三人目の内海でようやく桜川まで行きついた」

東の方角へと瞳を泳がせながら二谷が言った。

「ある日、どえらい話を聞いてしもた、ちゅうて内海が電話を寄こしてん。桜川一郎は愛人の子らをレイプしとった、こんなん回顧録に書いてもええんですか、と」

「レイプ……」

「あれでも巷じゃ人格者として通っとる男やで。桜川はシングルマザーや障害者の雇用枠を拡大したり、売り上げの一部を福祉施設に寄附したり、確かにええ王様の一面も持っとる。その王様が、未成年者虐待はあかんやろ」

「そう圧力をかけてパーラー桜を釜から締めだすつもりやったんか」

「そやけど、大城は慎重やった。裏取引と恐喝は紙一重や。逆に訴えられへんように、桜川が二の句も継げんくらいの確証を握っとかなあかん、言うてな。それで内海に念押しの取材をさせてん」

「その内海が書いた原稿を、敦に横取りされてしもたわけか」

「もうちょい気骨があるかと思うたら、内海もチンピラには弱かったわ」

「そこで、あんたは第四の卵を必要とした」

「そや、あんたの出番や」

さっきから妙に視線をふらつかせていた二谷が振りむいた。が、なぜだかその焦点は僕から微妙にずれたところへ結ばれている。ほんの五センチか、十センチか。その数センチの違和感が僕の胸にさざなみを立てた。

「ついでに教えたるけど、四人目の卵を木之下に紹介してもろたんは、結子を油断させるためや。内海のことで敦になんや言われて、結子は警戒しはじめとった。大学教授の推薦言うたら、いかにも本物ちゅう感じがするやんか。けど、いざ蓋を開けたらあんたは待てど暮らせどなんも書かんし、書いたら書いたで見せへん言いだす始末や。木之下の奴、とんだ食わせ者を紹介してくれたもんやわ」

二谷がまたも靴先で窓ガラスを蹴った。これまでよりも強く。

「ま、今となってはどうでもええか。どのみち、なんもかも徒労やったわけやし」

「徒労?」

「とんだ無駄骨ちゅうやっちゃ」

二谷の声が急激に温度を下げた。そんな気がしてぞくっとした。不気味なやぶにらみから逃げるように目を伏せると、厚みを帯びてきた雲のせいか、眼下の街はさっきよりも色を沈めている。

「どういうことですか」

「四人目の卵は孵らんでええ卵やったんや」

「孵らんでええ?」

「私があんたへ催促の電話をせんようになったのは、のらりくらりやっとるあんたを見限ったせいだけやない。あんたが不要になったからやねん」

僕は息を呑みこんだ。不要という冷淡な響きに緊迫したためだけではない。かつかつと、後方から近づいてくる足音をそのとき耳が捉え、同時に二谷がどこへ視線を据えていたのかを悟ったのだ。

「つまりは、こういうことや。あんたの小説なんぞ出る幕もなく、桜川があいりん地区からの立ち退きに同意した」

決定的な一語を二谷が吐き捨てるのと、僕が背後を振りかえるのと、ほぼ同時だった。

僕の視界を塞いだのは黒いスーツに身を包んだ大男だった。

「あんたに小説を頼んだのは五月の下旬。連立に敗れた自民党が野党へ落ちて、浪崎先生も権力の座を離れてはった時期やった。おのずと浪崎先生頼りのベガス構想も暗礁に乗りあげとったわけや。逆に言うたら、時間があった。作家の卵を雇って桜川の過去をほじくり返す余裕もな」

僕の真後ろで足を止めた大男は、二谷に劣らない身長に併せ、横幅の貫禄も持ち合わせていた。表情のないその目はＳＦ映画の未来ロボットのようでもあり、スーツの下には良質の筋肉を宿しているのがうかがえる。もしかしたら人を守るため、或いは打ちのめすための訓練を積んだ体かもしれない。

「そやけど、憶えとるか？　あのあとすぐに羽田政権が倒れて、自民党が与党に復活した。あれでベガス構想もめでたく再浮上、また政治が荒れんうちにと、今度は浪崎先生が自ら舵を取りはじめてん。推進委員会の役人仕事がじれったくなったんやろな。それから先はさすがに早かったで。浪崎先生はあっという間に新法制定のシナリオを整えて、桜川の内諾も取りつけてしもた」

「それはほんまの話ですか」

　大男の存在を努めて意識から締めだし、僕は二谷へ詰め寄った。

「ほんまに、あの桜川が立ち退きに同意を？」

「ありえへん思うやろ？　それを実現してまうのが浪崎先生やねん。あの人はどの馬の鼻先にどんなニンジンぶらさげたら走りだすかようわかっとる。これでめでたくベガス構想も本格始動や。年明け早々にも長田府知事がこの計画をメディアリリースする予定でおる」

　本格始動。メディアリリース。あまりに急な展開に呆然としつつも僕は言った。

「でも、それやったらなんであんたは俺の小説をほしがるんですか。もう桜川を脅す必要はないんやろ」

「脅すどころか、桜川一郎とは友好関係を維持せなあかん。ベガス構想の実現にはあの男の協力が不可欠や。そやから、危険物は回収しとく必要がある」

「危険物？」

「あんたが小説にどこまで書いたか知らんけど、万が一、それが世間に洩れて警察沙汰にでもなったら、桜川との交渉が滞る。ましてその小説に大城や私が関わっとったことが知れたら、推進委員会と桜川との信頼関係も台無しや」

二谷の目配せに反応し、大男が一歩、僕へとにじりよった。

「そやからな、もう言わずもがなやねんけど、あんたには是が非でも小説を渡してもらわなあかんのんや。ここまで洗いざらいを話したからには、私もタダでは帰られん。この期に及んでまだ渡せん言い張るんやったら、場所を変えてじっくり相談せなあかんことになる」

恐怖に全身を硬直させた。ふりをしながら、僕は目だけで退路を確認した。柱の陰にあるエレベーターは二基。恐らく人の列ができている。たとえそこまで辿りつけたとしても、乗る前に捕まる公算が高い。

「あんたは洗いざらい話した言うけど……」

落ちつけ。そう自分に言いきかせながら、僕は会話を引きのばした。

「俺はそう は思わん。あんたにはまだ隠しとることがあるんやないですか。あんたが手間暇かけて立ち退き交渉に協力したんは、単に大阪や副知事のためだけやない。副知事に恩を売ることで、あんた自身もベガス構想の利権に食いつこうとしたんとちゃいますの。計画実現の暁には、カジノ街に一番乗りでウエストホテルを建てる。そんな密約でも取りつけとったんちゃいますか」

二谷は悪びれずに白い歯を覗かせた。

「だとしたらなんや。カジノは金のなる木や。イーストホテルを出し抜く絶好のチャンスを見逃す手はない」

「なにが大阪のためや。結局、あんたは自分の利益しか考えとらんやないか」

「企業のトップが利益を求めて何が悪い。トップの利益は下へ向かって流れてく。それで潤う人間が仰山おるねんで」

「その陰で二万人の労働者が路頭に迷うことになる」

「それは私の責任か？ あそこにおる者たちが好きで選んだ人生やろが」

「好きに人生を選べん人間もおる」

カッと頭に血が上った。衝動のままに僕は力いっぱい目の前の窓ガラスを蹴りつけた。履き古したスニーカーは残念ながら二谷の革靴ほどいい音を上げず、鈍い響きと共に痺れるような痛みが足先から腰へと駆けぬけた。

西の窓にいるカップルが怯えた目をして振りかえる。その瞬間に閃いた。

「おい、なにするんや」

二谷の焦り顔をよそに、僕は続けざまにガラスを蹴りつけた。足の痺れをこらえてもう一撃。また一撃。強化ガラスはびくともせず、むしろ悲鳴を上げているのは足のほうだった。大男はどうしているのかとうかがうと、何事かと集まってきた野次馬たちを背に、完全なフリーズ状態に陥っている。案外、実戦向きではないのかもしれない。

僕は夢中で蹴り続けた。爪先が燃えるように熱い。元は何色だったか忘れるほどに黒ずんだスニーカーの先が滲んだ鮮血で染まりだす。早く来い、と心で呼んでいた警備員がようやく駆けつけた頃には軸足もがくがく震えていた。

「ちょいと兄ちゃん、何しとるねん」

まだ若い優男風の警備員。いかにも新米といった風采ながらも、僕は及び腰で歩みよってきた彼に大人しく取り押さえられた。警備員は安堵の色を露わにし、その後ろで二谷が舌打ちを響かせる。

「あんた、どこの誰や。なんのつもりや」

何を訊かれても応えない僕を、警備員はひとまず事務所へ連行することにしたようだ。

彼に腕を引かれた僕は至って素直に同意し、ざわめきやまない野次馬をぬって進んだ。

予想通り、エレベーター前の人だかりは警備員と僕の姿に四散した。

「乗って」

促されるまでもなく、僕専用となったエレベーターへ率先して乗りこむ。ゆっくり扉が閉ざされる。作戦成功。そう楽観した矢先だった。

扉が閉まりきる寸前で、二谷と大男が猛然と乗りこんできたのだ。

一瞬のことだった。大男が警備員に、二谷が僕に襲いかかった。五階から二階へと降下する箱の中で僕は腹に痛烈なパンチをくらってうずくまった。実際のところ、痛烈なパンチは腹に巻きつけた百枚の札束を直撃し、おかげで内臓にはたいしたダメージを及ぼさなかったのだが、やられたときは派手にやられたふりをするに限る。事の次第によっては突き返そうと思っていたこの百万、こうなったら意地でも返すものか。

受付のある二階でエレベーターの扉が開いたとき、腰抜けの警備員は床にへたりこんで震えていた。僕は二谷と大男に左右から押さえられ、為す術もなく地上へ続く螺旋階段へと引きずられた。

「頼むからこれ以上、余計なことをせんでくれ。騒ぎは起こしてくれるなちゅうて、大城からも釘を刺されとるねん」

螺旋階段を下りていく途中、二谷の押し殺した声がした。

「私は小説さえ寄こしてもろたらええ。タダで寄こせんなら、売ってくれ。三百万に加えて、もう百万。どや」

「あかん。あれはあんたに読ませへん約束や。それに……」

「なんや」

「まだ完成しとらん」

「だからなんや」

「手放せん」

「意味がわからん」

「そらあんたとは一生、わかりあえんやろ」

吐き捨てた僕の足下で階段が尽きた。

地上に出てからの混乱を描写するのは至難の業だ。混乱、の一字で片づけるのが最適という気もする。通天閣から追ってきた別の警備員と、出口で待ちうけていた二人の警官、そして大男が織りなす大乱闘。警官の制服を見るなり二谷は一目散に姿をくらましたものの、逃げ損なった大男は警官からしたたか警棒で殴られ、そのあまりの弱さに瞠目していた僕も間もなく乱闘の渦に呑みこまれた。呑まれたからにはやるしかないのだが、果たして誰が敵で誰が味方なのか。冷静に考えるほどに、味方など一人もいやしない。いつの間にやら血の気が多い地元のヤンキーまでが飛び入り参加をしていて、しょうがないので誰彼かまわずボカボカ殴ったり殴られたりしているうちに疲れ果て、路傍にかがんで一休みしていたところを、誰かに背後から抱きつかれた。

振りむいた僕は驚愕した。驚愕に満ちていたこの一日の中でも「最驚愕」の瞬間だった。

僕の肩をしかと抱いていたのは、ビリケンの着ぐるみだったのだ。

「礼司さんですね」

ビリケンが囁き、僕に更なる衝撃を与えた。

「なんで知っとるねん」

「ささ、どうぞこちらへ」

ビリケンらしからぬ怪力で僕を立ちあがらせ、抱えるようにしてずんずん歩きだす。

「誰やねん、あんた」

「怪しいもんやありません。ビリケンは幸運の神ですから」

「中身を訊いとるんや」

「敦さんとこの興信所で働いとる者です」

「へ」

「目立たんように待機して、礼司さんに何やあったときにはお助けしろ、ちゅうて敦さんから言いつかりまして」

「あんた、目立っとるわ」

「そやけど、木は森に隠せ、言いますやろ。通天閣に隠すならビリケンですわ」

さすが敦の従業員だと感心する僕の横で彼がビリケンの被りものを脱ぎ、高らかに放り投げた。と同時に、道端に停めてあった500CCのバイクに飛び乗り、「早く」と僕をせきたてる。後部座席に跨り、ビリケン男の腰に手を回したときには既にエンジンが唸りを上げていた。いまだ乱闘中の男たちを尻目に走りだす。

平和な午後の陽が注ぐ新世界を突っ切り、左折して玉造《たまつくり》筋に出る。途中、天王寺動物園を横に掠め、大阪城を掠め、間もなく到着した雑居ビルの二階——敦の営む興信所オフィスで、東京帰りのヒロインとその自称弟が僕を待っていた。

23

そんなわけで今、僕は無事に再びワープロの前にいる。一時は未完で葬られるのかと危ぶんだ原稿と向きあっている。

この一日強、正確に言えば三十時間余り、眠るに眠れない興奮状態の中で一気に二十二章を書きあげた。通天閣の記憶は今も生々しく、二谷との会話はかなり正確に近いところまで再現できたと思う。一方で、常に何かが欠けているような、書いても書いてもこの現実が行間から零《こぼ》れ落ちていくような焦燥感もつきまとう。

あと数十分で今年が終わる。リレハンメルオリンピックが開かれ、ルワンダで集団虐殺が起こり、細川内閣が総辞職して羽田内閣が発足して総辞職して村山内閣が発足し、金日成が死去し大江健三郎がノーベル文学賞を受賞した一九九四年がもうじき幕を閉じる。そして一九九五年の年表には「大阪に日本初のカジノ合法区誕生」の文字が躍るのか。

心臓がざわつく。視界が赤く濁る。僕は重大な分岐点に立たされている気もするし、全ての要路から締めだされ袋小路で立ちすくんでいる気もする。

わかっている。僕は書き急いでいる。今、必要なのは、ワープロを離れて頭を冷やすことだ。まずは少しでも寝たほうがいい。しかし、その前に一九九四年を締めくくる夜食が僕を待っている。

さっきから一分置きに結子が「もうじき茹であがるで」と告げに来る。台所からはネギを刻む包丁の音が響いている。まるで小説から抜け出てきたかのように、僕の視界にちらちらと実寸大のヒロインがちらつく。

なぜ結子がここにいるのか。

なぜ彼女と年越し蕎麦を食うことになったのか。

その経緯を記すのは年明けになりそうだ。

24

蛇の道は蛇と言うけれど、修羅場で頼りになるのはやはり修羅場慣れをした人間のようだ。ビリケン男に案内された雑居ビルの一室で、僕はつくづくそれを実感させられた。

乱闘帰りの僕は全身あざと生傷だらけで、とりわけ強化ガラスを痛打した足は見るも無惨な肉片と化していた。指の先は潰れ、中指の爪は剝がれかけ、一見したところは肉というよりも血の塊に近い。当人の僕でさえ目を背けるほどだったが、敦と結子は顔色ひとつ変えずに手当をしてくれた。

オキシドールとメンソレータムによる応急処置。幾分レトロな治療薬ながらも「銃傷以外はこれでイケる」と敦は自信たっぷりで、仕上げには結子がこれでもかとばかりに包帯を巻きつけてくれた。

「男二人で通天閣。どない野蛮なデートをしたんか教えてほしいわ」

東京から戻ったばかりという結子は、前回、焼肉屋で会ったときよりも心持ちふっくらとして見えた。以前より化粧も薄く、いつになくシックな黒いワンピースに身を包んでいて、全体からそこはかとなく薄味の関東臭を発している。それを妙に新鮮に感じている自分に戸惑いながらも、僕は問われるままに通天閣での顚末を報告した。

二谷が明かしたベガス構想の経緯、そして現状。前者についてはおおかた敦の推理が当たっていたものの、浪崎矢須夫の返り咲きによる急展開は彼にしても初耳だったようだ。無論、力ずくで小説を奪おうとした二谷の暴挙にも皆が呆れ返った。

「立ち退き問題が解決した今となっちゃ、桜川の逆鱗に触れるのが何より怖いちゅうわけか。ま、あんたの小説には百万部のコピーがあるちゅうて、あとでわしから二谷に一本電話入れたるよって、安心せい。今度なんかあったらマスコミにバラ撒いたる、ちゅうて脅し効かせたる」

威勢のいいことを言ったあと、敦は声を落として言い添えた。

「浪崎がマスコミに圧力かけたら終わりかもしらんけど」

「浪崎は俺の小説まで関知しとらんやろ。だから二谷は焦っとるんやないの。アホな失態で桜川を怒らせて、浪崎にまで睨まれたら、ベガス構想の利権も危うくなる。大城に売った恩も水の泡やて」

「確かに、二谷はもうすっかりカジノホテル建ちあげた気分になっとるわ。あの男、ここ半年で三度もラスベガスを視察して、社員にカジノのライセンスまで取得させとるし」

「えらい気の早い話やな」

「いや、計画を嗅ぎつけて、今から暗躍しとるのはあの男だけやない。カジノはその昔、シカゴのマフィアもこぞって目をつけた金脈や。これから釜はどえらいことになるで。金の匂いに鼻のきく虫たちがわんさか寄ってくる」

「あの界隈からドヤが消えて、代わりにカジノホテルがひしめくわけか。労働者もセンターも根こそぎ消えて、残るのは西成警察署くらいやろか」

目つきの悪い鷹の剝製を陳列した棚。弾痕が点々と刻まれた床。ふんぞりかえるために設計されたような黒革のソファ。元暴力団の事務所を居抜きで借り受けたという敦の個性派オフィスで、僕たちは次第に黙りがちになった。

釜ヶ崎に対しては三人三様、複雑な思いがあるはずだ。断じていい思い出などありはしない。けれど、あの町がなければ僕たちは生きてこられなかったかもしれない。少なくとも僕は自分自身を省みてそう思う。どん底であそこへ流れついた六年前――どんな人間も拒むことのないあの底なしの受け皿のおかげで今があるのだ、と。

「あんた、これからどうするつもりやねん」

沈黙を破ったのは敦だった。

「年明け早々にも計画をメディアリリースするって二谷は言うたんやろ？　それを皮切りに政治家たちは本腰入れて動きだす気やで。今のうち、釜の連中に知らせたったほうがええんちゃう」

「それは……」

僕は口籠もった。ここへ来るまでの道すがら、ビリケン男の走らせるバイクの後ろで師走の風に吹かれながらそれを考えていたのだ。

「今、知らせたら暴動が起こる」

「起こさせたったらええやん」

「今までの暴動とはわけが違うで。ベガス構想が実現した日には、おっちゃんたちは居場所も仕事も奪われる。生活かかっとる人間は必死やねんから、何するかわからへん。下手すると死人が出る」

「そらそうやろけど」

「それだけやない。暴動を起こせばまた釜の悪評が立って、逆に計画に有利な風向きになってまうかもしれん。府政かて、おっちゃんたちをむりやり釜から追い払うよりは、暴動騒ぎのどさくさにまぎれてしょっぴくほうがなんぼも手っとり早いやろ」

「だったら、このまま黙っとるんか」

「いや……一人、相談したい人がおる」

松ちゃんの名前を僕が挙げると、敦とビリケン男の顔色が変わった。

「釜の松山ちゅうたら、極道時代に何人も人を殺《あや》めて、そやけど今はえらい地味な人助けして生きとるちゅう噂の変人やろ。ま、釜では影響力のある男やし、あんたが相談したいならええけど、いつ？」

「一月二日に釜で餅つき大会がある。ここんとこ毎年、松ちゃんと一緒に手伝うとるから、今年もきっと来るはずや」

「わかった。それやったら、わしらもそれまでに桜川のこと探っとくわ」

「桜川？」

「いくら浪崎矢須夫が相手かて、あの桜川がそうそう簡単に言いなりになるとは思えん。ほんまに釜ヶ崎から退く気でおるのか調べてみる。なあ、カズ」

カズ、と敦が呼びかけたのはビリケン男だ。

「おまえ、おかんにちょいと探りをいれといてくれんか」

「うん、ええよ」

二つ返事で応じたビリケン男は僕を振りむき、むふ、と笑った。大きなえくぼで頬が窪み、被りものナシでも充分にあのビリケン人形と重なる。

「実は、僕も505号室の出身なんですわ。敦さんのおかんはとうに愛人を引退しはって、結子さんのおかんは正妻にまで昇りつめはって、うちんとこは……まあ、中間層ちゅうやつですか。桜川ももうじき八十やさかい、さすがに男女の関係はない。そやけど妙な深情けがある男なもんで、今でも面倒見とる女が結構おるんですわ。特にうちのおかんはええ茶飲み友達になっとるらしいて、『源氏物語』の花散里みたいな存在や、ちゅうて本人も自慢しとります」

「花散里か」

「ちゅうても、僕、読んだことないからわからへんけど」

「要するに、男が精神的に癒されるタイプの女やな」

雑にくくってみせるなり、長らく押し黙っていた結子の口が開いた。

「うちの母親とは真逆の女ちゅうわけか」

「真逆？」

「美人でもない、性格もぬるぬるしとってようつかめへんあの女を、なんでか男たちは離さへん。何がええんやら子供の頃はわけわからへんかったけど、今はわかる気がするわ。結局……」

その答えに注目する三人の男に結子は言ってのけた。

「体やな」

「帰るわ」

微妙な空気が流れたところで、僕はソファから腰を上げた。足にはまだ燃えるような痛みが残っているものの、今の段階ではこれ以上話が発展しそうにないし、何よりも書きかけの小説が気になった。万一に備え、ワープロのフロッピーを駅のコインロッカーに入れてきたのは正解だった。

いや、しかし二谷のことだ、大輔のマンションで待ち受けていないとも限らない。

「帰りはカズに送らせる」

玄関の前でふと足を止めた僕の後ろから敦が言った。

「あんたのチャリもあとから取りに行かせるよって、今日は電車で帰り。どのみちその足じゃ漕げんやろ」

「ええの？」

「こんなときのためのアシスタント・ディレクターや」

「シャレた響きやけど意味わかっとる？」

「それから、念のためにしばらくカズを用心棒につける。邪魔にならへんように尾行させるさかい、気にせんでや」

「そこまでせんでもええって。あの大男はただのオカマッチョマンやったし、俺は小説にさえ手を出されへんかったら……」

「そらあんたは男やからええけどな。あんたから腕ずくで小説を奪おうとした二谷やさかい、結子にも何するかわからんやろ」

「結子さん？」

「結子は二谷から言われとってん。あんたの小説にはもう協力するな、東京からも帰ってくるな、と」

「ほんなら結子さんに用心棒つけたれや」

「そやから、あんたんとこにカズを寄こすんや」

意味不明だが、敦にはよくあることだった。疲れてきた頭で彼の言わんとするところを忖度《そんたく》するのも物憂く、僕は深追いせずにそのまま聞き流した。玄関で血糊のこびりついた靴と格闘し、包帯で膨れた足をようやくねじこんだ僕の後ろから、

までは。

「ほな、行こか」

いつの間にやらコートを着こみ、小型のスーツケースを片手に提げた結子の声がするまでは。

「どこ行くんや」

振りむき、尋ねた僕に結子は言った。

「あんたんとこ」

「へ」

「アッちゃんと相談して決めてん。ホテルに泊まればすぐ足がついてまうし、しばらくは一人でおるのも物騒やろ。ちゅうても、アッちゃんは年上のタップダンサーと同棲中やし、カズんとこは猫七匹も飼っとるし」

「だからって俺んとこへ来んでも……」

「ほんまは天保山におる船乗りの部屋で世話になるつもりやってん。魚を食え食え言うのが玉に瑕《きず》やけど、こんな年の暮れの押し迫った時期に転がりこめるところもそうそうあらへんし」

「ほんならその船乗りんとこへ行きや」

困惑しきりの僕に結子はしゃらりと言い放った。

「それが、一足違いで船が出てしもてん」

25

やや茹ですぎの年越し蕎麦をすすり、どっちが勝っても負けても甚だどうでもいい「紅白歌合戦」の決着を経て「ゆく年くる年」の除夜の鐘を聴き、あけましておめでとう、と結子が言うので何がめでたいのかわからないまま「おめでとう」と返した。平凡といえば平凡極まりない年越しだった。が、この平凡さは長らく僕から遠のいていた日常でもある。

去年も、一昨年も、大晦日の夜は松ちゃんと二人で野宿者たちに携帯カイロを配ってまわった。どうせ年末年始は仕事の求人もなく、ドヤで孤独な新年を迎えるよりは人助けの真似事でもしていたほうがマシだった。俺だって病気でもすればいつカイロをもらう側へまわるかわからない。アスファルトの一部と化したような無表情を顔に張りつけたおっちゃんたちに声をかけるたび、胸の内でそう呟いた。

松ちゃんは今年も凍てつく空の下でカイロを配っているのだろう。雨ニモマケズ風ニモマケズと唱えながら、東へ西へとうろつきまわっているだろう。それを思うと、女とひとつ屋根の下でぬくもっている自分が後ろめたく、その後ろめたい状況にどこか高揚している自分が更に後ろめたく、行方知れずの家主に対する罪悪感までもがこみあげてきて、要するに混乱した年明けとなった。

「なに難しい顔しとるの」

「いや……その、あんたの亭主、やけにおとなしいな、思うて。敦の脅しが効いとるんやろか」

「うちのポケベルはやかましい鳴っとるで。昨日から五十回くらい」

「五十回？　暇人《ひまじん》か」

「秘書の仕事や」

「ごくろうなこっちゃ」

腹が満ちると昨夜同様、結子は大輔の寝室で、僕はリビングのソファベッドで就寝となった。

昨夜と違ったのはリビングを去る間際、結子が僕を誘ったことだ。

「あんたも一緒に寝えへん？　そんなベッドで休まらんやろ」

ドヤに比べたら贅沢すぎる寝床だと、僕は丁重に辞退した。ものの、結子の提案が頭に絡まりついて離れず、ソファベッドの上でいつものように毛布を巻きつけても、いつものように眠気に襲われない。顔と足の傷が脈打つように疼き続けるせいか、睡眠不足が極まって逆に覚醒してしまったのか、疲弊した脳は切に休息を求めているはずなのに、体はそれを求めない。求めているのは別の何かだ。

こらえきれずにリビングを離れ、寝室の戸を開いた。

結子は黒いスリップ一枚で布団にもぐりこんでいた。やはり眠れずにいたのだろうか。僕に気付くとその布団から細い腕をそろりと差しのべた。

歩み寄り、白い肌を指先でなぞった。腕から肩へ。首筋から頬へ。

「あかん。うち、同じ男と二回はせえへんねん」

彼女は拒むように僕の手首を押さえたが、ピンクのラメを光らせた爪は求めるように肉をえぐっていた。

「ま、あんたならええか」

一九九五年を迎えたその深夜、そうして僕たちは二度目の交わりをした。

結子の感触は少しも変わっていなかった。ぞくぞくするほどすべらかで、体温が低いせいか別種の生物でも抱いているような違和感がつきまとう。抱いても抱いてもぬくもらないその冷温にそそられる。

十二章では書くに書けなかった一度目の夜もそうだった。北野の坂上で昏倒し、ホテルの部屋で目覚め、ステーキ肉を貪り、突如現れた敦から因縁をつけられたあの夜、長い一日の末に僕は酔った結子に誘われてよろめいた。ひとたまりもなく理性が性欲に平伏し、小説のヒロインと一線を越えた。

無論、果てたあとには苦味が残った。それ相応の自己嫌悪にも陥った。にもかかわらず五ヶ月の時を隔てたこの夜、いともあっけなく二度目の誘惑に屈していた。

そこに女が横たわっていれば重なりたくなるし、それが一度寝た女だったらすぐにでも入れたくなる。長いこと自慰すらしていなかった僕は彼女の上であっけなく果て、これまで皺ひとつ付けずにきた大輔のベッドを汚した。しかし、すぐにまたむくむくと勃ちあがって結子の湿った秘部を求めた。

ひんやりとした体の中でそこだけが異様に温かい。吸いつくように、包みこむように、とろかすように温かい。それは明らかに他の女たちとは違う彼女だけの感触だった。

――体やな。

豊かに熟れた胸に顔をうずめながら、僕は母親の取り柄を一語で断じた結子の声を思い出す。あれが事実ならばこの娘にも遺伝しているに違いない。

「前に寝たあと……あれっきり、あんた、急に消えたやろ」

何度目かに果てたあと、僕は胸にしこっていたことを口にした。

「俺と寝たせいやないかって、内心、焦ったで。あれがなければあんたは消えへんかったんちゃうかって」

「小説にそれ書いた？」

「書けるかい」

結子は笑って寝返りを打ち、冷たい尻を僕の腹に押しつけた。

「ホテルを出たのは、あの夜、アッちゃんが暴れたからや。前にアッちゃんがウッチーに同じことしたとき、次はないってマネージャーから釘を刺されとってん。どうせ場所を変えなあかんのなら、いっそ東京に行ったろ思うてな」

「俺には一言もなく姿を消したんか」

「しゃあないやん。ちょうどあの頃、二谷がもうあんたの相手はせんでええとか、あの卵は偽物やったとか言い出しとってな。アッちゃんもまだ二谷の魂胆をつかんどらんかったし、うちかて何が何やらわからんようになっとってん」

結子が言う「あの頃」とは、浪崎矢須夫が政界の裏ボスに返り咲き、僕の小説が用をなさなくなった時期だろう。しばらく東京へ行きたいと言う結子に二つ返事で賛成したという二谷は、ヒロインがいなくなれば必然的に僕も小説を投げ出すものと考えていたにちがいない。

「あの夜あんたと寝たことは、そやから、べつに関係ない」

湿った肌とは裏腹な乾いた声で結子は言った。

「なんで一回寝たくらいでうちが消えなあかんの」

「そやけど、二谷が言うとったから。あんたは同じ男と二度寝えへんと」

正確には、二谷はこう言った。結子は簡単にやらせる女やけど、一度以上はやらせへん、と。

「うん。同じ男とはうち、一度しか寝えへん」

「なんで」

なぜ簡単にやらせる？　なぜ一度だけ？　二重の意をこめて尋ねたとたん、尻の感触が小さくなった。結子が体をきゅっと丸めた気がした。

「一度寝たら、もうそれだけで家族になれた気がするやんか」

「家族？」

「一回セックスするだけで、なんや簡単に気安うなれるちゅうか、嘘のいらんあいだになるちゅうか、自分のまんまや相手のまんまでええようになるちゅうか……。どこ触ってもかまへん関係なんて、まるで家族みたいやん」

家族はどこそこかまわず触り合ったりしないだろう。そう思ったが、胸に留めた。結子が思春期を過ごした505号室の特殊性は測りがたい。

「他に家族がおる男かて、一回寝たら、うちはうちで別の血で繋がれる。そんな気がしてしゃあないねん。寝れば寝るだけ家族が増える、家族が増えれば増えるだけ、うちがおられる場所が増える」

「そやから誰とでも寝るんか」

「そやな。そやから誰とでも寝るのかもしれへんな」

いとも簡単に頷き、再び寝返りを打って僕を振りかえる。どんな顔をしているのかと思えば、笑っていた。剝がれたマスカラが目の下に黒く滲んで、こんなときの彼女は見るからに淫靡だ。

「どっか頭が壊れとるのはわかっとる。そやけど、セックスは気持ちええやん。気持ちええなって、家族も増えたら、なんも言うことないやんか」

「そやけど、男のほうはあんたのこと、家族やなんぞ思うとらんのやないか」

「そらそやろ。みんな別人やもん、別のこと思うやろ。うちにわかるのはうちのことだけや」

だからその心に沿って生きるのだと言わんばかりの物言いに、僕にはもはや返す言葉が見つからなかったが、ひとつ疑問が残っていた。

「なんで同じ男と二度目はないんや」

「家族には欲情せえへんわ」

しかし、現に彼女はこうして僕と二度目のベッドにいる。この矛盾はなんなのかと鈍った頭で考えていると、結子も同じことを考えていたのかすっと首を伸ばして僕の目を覗いた。

「時々おるんや。あんたみたいな、この世の誰とも家族にならんような目をしとる男」

とっさに僕は目を逸らした。

「大抵は過去になんや抱えとる。あんたかて、何もなかったらその年で釜になんかおらんかったやろ」

「……」

「ま、ええか。うちはあんたの小説書くわけやないし」

結子は醒めた声を出し、ついでのようにその唇を僕の唇に押しあてた。ひんやりと湿った唇。この口は愛の言葉など決して囁きはしないのだろう。舌と舌を虚しく絡めあいながら僕は思う。彼女は僕に恋愛感情など微塵も抱いてはいない。それは僕にしても同様で、この不貞なヒロインをこれだけ必死で追いかけながらも、愛だの恋だのという感情とはどこまでも遠いままでいる。

「家族なんていらんやろ」

混濁していく意識の中で、僕は思うがままを口にした。

「なんで家族にならなあかんのか。他人のままでええ感じにおられんのか」

「他人のまま？」

「他人同士のままかてええやん。家族に負けん何かがあれば……なんや強力な楔《くさび》みたいなもんがあれば……たとえば、絶対無敵の性欲やとか」

結子が眉を垂らした。時おり伸太郎に向けるあの微笑。

「あんた、眠いんやな」

「うん」

この女は壊れているけれど空っぽではない。

乱れているけれど汚れてはいない。

そんなことをうつろに思いながら、僕は一九九五年最初の眠りについた。

26

問題は、どんな絶対無敵の性欲もそうそう同じ相手には長続きしない、という点なのだろう。長期的な人間関係の礎《いしずえ》にするにはどうにも当てにならない。が、当てにならないという点では愛も恋も似たりよったりで、裏を返せば、だからこそ人は家族を求めるのかもしれない。当てにならない心や性欲の代わりに家という器を当てにする。「家族は愛し合うもの」「守り合うもの」と暗示をかけあって安心する。

では、他人ならば愛し合わなくてもいいのか。守り合わなくてもいいのか。家族のいない人間はどうなってもいいのか。

女の中に自分を出しきった爽快感と倦怠感が縺《もつ》れ合う中、翌朝もまだそんなことをつらつらと考えていた僕に対して、結子は前夜の会話など綺麗に忘れているようだった。

「あんた、初夢見た？」

ベッドの上で目を合わせた第一声がこれだ。

「さあ。起きるとすぐに忘れてまうねん、夢」

「呑気な人やなあ。うちは見たで。忘れたくても忘れられへん」

その声色からしてあまりいい夢ではなさそうだった。

「地面が揺れて、裂けるねん。大勢の人が逃げとって、あっちこっちで火の手が上がって」

「誰の仕業や」

「想像つかへん。人間業とも思えん」

「ほんならゴジラの仕業ちゃうんか」

「ゴジラ？」

「一富士、二鷹、三ゴジラや。威勢のええ一年になりそうやないの」

彼女は一瞬あっけに取られてからころころと笑いだし、朝食の席に着いた頃には夢のことなど忘れていた。

朝食の雑煮は昨日のうちにスーパーで買い溜めておいた食材で僕がこしらえた。具は里芋と大根、それに刻んだゆずの皮を載せただけのシンプルな一品だ。結子は餅を二つ、僕は五つ平らげた。昼飯は余った汁に米と卵を入れておじやにした。

優雅といえば優雅な年始めだった。テレビの画面には振り袖姿でゲームに興ずる芸能人たちの姿がカラフルに映し出されていた。元日というだけで無条件に誰もが「おめでとうございます」を連発し、聞いているうちに何やら国民を挙げて祝福すべきことが起こったかのような錯覚へ陥っていく。日本中が浮かれ騒いでいる中、山梨県の土壌からサリンの残留物が検出されたというニュースだけが不気味な例外として耳に残った。

食事のとき以外はテレビもつけず、この日も僕はワープロと首っぴきで小説の続きに取り組んだ。昨夜のことを書くべきか否かは迷ったところだが、よくよく考えれば「べき」も何もなく、依頼主を失った小説に何を書こうと僕の勝手である。

ワープロのキーを打つ音だけが鳴り渡るリビングで、結子は結子で日がな一日、自分の指にマニキュアをつけたり落としたりをくりかえしていた。数種のマニキュアを混ぜ合わせ、自ら調合した色を時間をかけて丁寧に塗り重ねては、除光液で落としてふりだしへ。また違う色を調合し、丁寧に塗り重ねてはふりだしへ。一人遊びの上手な子供のように彼女はその非生産的な作業に没頭し、それに飽きるとペンと紙を手に僕のもとへ来た。

「あんたの好きな小説の題、書いてくれへん」

「小説？　あんたが読むんか」

「似合わへんけど、案外おもろいもんかもしらんって……。なんやお薦めはない？」

「どんな話がええの」

「うじうじしてへんやつ」

悪戯《いたずら》っ気を起こした僕は『若きウェルテルの悩み』の名を挙げた。

「ウィリアム？」

「ウェルテルや」

「外国人は憶えられん。書いて」

「書かん」

「なんで」

「自分で書けばええやんか」

「ケチくさ」

なんと言われてようとも僕は頑として書くことを拒み、おかげで一時的に険悪なムードが生じたものの、窓の外が暮れかけた頃には結子も機嫌を直していた。良くも悪しくもひとつの感情を長くは引きずれない女なのだ。

夕食は結子が作ってくれた。スーパーで買った牛肉のタタキと野菜を切って並べたものを「作った」と言えるならば、だが。食事中、結子は赤ワインをいいピッチで口へ運びながら「毎年、一月二日には伸太郎と初詣へ行くことになっとるの」などと母親の顔をして語り、酔いがまわるとベッドの上で女の顔に戻った。

この女はなんなのだろう？　時おり、ふと我に返って僕は思う。桜川のこと。二谷のこと。伸太郎のこと。悩もうとするならば四六時中でも悩み続けられる身にありながら、どう見ても何も考えずにベッドの上で乱れている。この圧倒的な図太さはなんだろう。

真の意味での強さとは違う。言うなればある種の回復力だ。何があっても起きあがる。そこから何かを学ぶでも人として成長するでもなく、ただすぐに起きあがる。恐らく何回でも、何十回でも。それは過酷な星のもとに生まれた彼女が天から授かった反射神経かもしれず、そしてその能力は男を惑わすフェロモンとなにかしら関係しているように思えてならず、要するにこの夜も僕は幾度となく結子の中に入っては果て、入っては果て、力尽きるまで入っては果て続けた。

全くもって優雅な元日だった。

こんな一日はもう二度と訪れないのではないかと数日が経った今は思う。

一月一日。この日は一九九五年における最初で最後の幸福な一日であったのかもしれない、と。

27

二谷からの電話があったのは二日の朝、僕が台所で包丁を研いでいたときだった。

「そこに結子がおるのはわかっとる。ひとつ取引せんか」

通天閣での野蛮なデート以来、二谷からは何の接触もなかった。その間、少しは頭が冷えたのだろうか、電話の声は落ちついていた。

「何度も言うようですけど、小説は渡せません。まだ書いとる途中やし、あんたが今度、強引な真似をしたときにはコピーをばらまく段取りです」

「秘書に聞いたわ。ほんまにあんたも頑固者やな」

聞こえよがしに息を吐き、二谷は愚痴っぽく言い添えた。

「あんたを紹介するとき、木之下は言うとってん。大体において物を書く人間ちゅうのは執念深い。その執念はアホと紙一重やから慎重につきあえ、と。図星すぎるわ」

「取引ってなんですか」

「簡単や。あんたは小説を私に渡さんでええ。その代わり、他の人間にもあれを読ませんでくれ。とくに桜川との契約が成立するまでは下手なことされると困るんや」

「取引ちゅうからには見返りがあるはずですけど」

「結子の自由や」

「自由？」

「あんたが小説を手元に置いとるうちは、結子のことを大目に見たる。その代わり、他の人間に見せたが最後、即刻、あいつに持たせとるクレジットカードを無効にする。今すぐ結子にもそう伝えときや」

返事も聞かずに電話は切れた。相変わらず身勝手な男だ。

結子は早朝から伸太郎との初詣に出ていたため、僕は今すぐ伝えることもできずに受話器を元へ戻し、ため息混じりに包丁研ぎを続行した。研ぎ澄まされた刃でわがままな金持ちを刺すためではなく、餅つき大会で雑煮の下拵《したごしら》えをするためだ。

一月二日の餅つき大会は釜ヶ崎の恒例行事で、つきたての餅を求めて大勢のおっちゃんたちが公園に列を作る。餅をつく音とかけ声が威勢よく飛び交い、一見すれば活気ある光景に映るかもしれない。しかし、よく見ると杵《きね》を振りあげているのはボランティアの会に属する面子《メンツ》がほとんどで、仕事の求人がぱったり途絶えるこの時期、空きっ腹で新年を迎えたおっちゃんたちには元気がない。見かねた松ちゃんが「な、あんたらも一緒に餅つこうや」「楽しいで」などとあいだに入るも、重い腰を上げるのは一部の顔見知りばかりだ。

施す側と施される側。そのコントラストを横目にテントの中でひたすら里芋を剝き続けた僕は、巨大鍋の雑煮が完成するのを待って松ちゃんを隅のベンチへ誘い、例の相談を持ちかけた。

「釜がカジノ街になる？　レイちゃん、それ、ほんまの話かい」

「どうやらほんまみたいや」

「ほんまにほんまかい」

「ほんまみたいや」

「信じられん。ほんまにほんまにほんまかい」

僕よりも遥かに深く釜ヶ崎へ根を張っている松ちゃんにとって、ベガス構想はそれこそ青天の霹靂《へきれき》だろう。ほんまかいほんまかいほんまかいと際限なく反復した末、ようやく我に返ったように瞳の焦点を定めた。

「レイちゃん、このこと、釜で誰かに言うたか」

「いや、まずは松ちゃんに相談しよ思て」

「わし以外には言うとらんのやな」

「言うたら暴動が起こるやろ」

「そや。よう思い留まってくれた」

この点、松ちゃんも同意見だったことにひとまず救われた。

「そら暴動が功を奏した時代もあった。今ある福祉の制度かて、全部、労働者が暴動起こすことで勝ちとってきたもんじゃ。そやけど、今の釜はあかん。男たちは年を取ったし、不況のしわよせで弱りきってしもた。カジノのことなんぞ知れ渡ったら、ただでさえ不安にまみれた年寄りに新たな恐怖を植えつけることになる。下手すると自殺者が続出するで。はああ、全く、なんちゅうことしてけつかるねん！」

話しているうちに高ぶってきたのか、突如、松ちゃんが大声で吠えた。

「レイちゃん、ちょいと待っててや」

言うが早いか餅つきの臼へ突進し、一人のボランティアから杵を取りあげる。「はああ！」と吠えては杵を臼へと振りおろし、また「はああ！」と吠えては杵を振りおろし——介錯役が逃げだす剣幕で餅をつき続ける松ちゃんを遠目に、僕は極道時代の彼にまつわる噂の数々を思いだし、餅でよかった、としみじみ思った。

気がすむと、松ちゃんはさっぱりした顔で戻ってきた。

「レイちゃん、わし考えたんやけど、やっぱりまずは桜川やな。あの男がそない簡単に立ち退きを呑むとは、わしも信じられん。もしもそれがほんまやったら、どないな理由があるんやろ。どないなわけがあったらあの男が政治家の言いなりになるんやろか。どうにか桜川と話ができんもんかな」

やはり誰しも同じ疑問を抱くようだが、ビリケン男からの報告によれば、桜川がパーラー桜全店舗の釜ヶ崎撤退を呑んだのは紛れもない事実のようだ。今月十八日に予定されているベガス構想のメディアリリースに先駆けて、推進委員会は七日午後、桜川と交渉の席を持つことになっている。

「桜川に会えるチャンスがあるとしたら、その前日の六日やな。これもビリケン男に聞いたんやけど、毎年一月六日、あいつのおかんも含めた元愛人たちが桜川の家に勢揃いするらしい。今も桜川が面倒みとる元愛人たちの年始挨拶の会やて」

「なんやぞっとせえへん会やなあ」

「そのぞっとせえへん会に紛れて、うちらもひとつ挨拶させてもろたらどうやろか」

僕と松ちゃんの目が交わった。

「よっしゃ！」

鼻息荒く叫ぶなり、勢い余った彼はまたも餅つきの臼へと突進していった。

再び杵を振りあげる獰猛《どうもう》なシルエットを尻目に、僕は一人公園をあとにし、公衆電話から敦に六日の桜川邸訪問を伝えた。そしてそのまま釜ヶ崎を離れ、電車を乗り継いで六甲道へ戻った。

自転車を諦めたのは足の怪我のせいだが、乗ってみると電車は快適だった。自転車では二時間以上かかる距離がわずか五十分。しゃかりきにペダルを漕ぎ続ける必要も、一月の寒気に手の甲が感覚を失うこともなく、ただ揺られているだけで景色が勝手に移ろってくれる。

灰色のビル街。

閑静な家並み。

人のいる道、いない道。

春を待つ木立の寒々しい連なり。

氷のようにしんとした川。

移りゆく色彩を眺めているうちに、僕はいつしか神戸へと「帰っていく気分」になっている自分に気付いて、ハッとした。

野宿者の一人もいない街の住人を気取っている自分。

施す側でも施される側でもない傍観者になりすましている自分。

ぬくぬくとした部屋で女との色に耽り、頭のどこかを麻痺させている自分。

不意に息苦しいまでの自己嫌悪がこみあげ、羞恥心に頬が火照った。同時に、激しい危機感に見舞われた。イケナイ――弛緩していた拳を力ませ、自分自身に警告する。誤解してはいけない。油断してはいけない。あれは他人の家であり、あれは他人の妻なのだ。僕自身のものは何ひとつない。僕の居場所など依然としてどこにもありはしない。

六甲道までの車中、その事実を刻みこむように何度も頭へ叩きこんだ。

神戸は近くて遠かった。


「あ、おかえり」

「あ、なんで？」

六甲道のマンションへ戻ると、正面玄関をくぐったエントランスの一角で、結子とビリケン男が所在なげに肩を並べていた。結子には合い鍵を渡してあるのに、なぜだか部屋には入らずにいる。

理由を尋ねると、彼女は言った。

「さっき帰ってきて、あんたの部屋の前まで行ったら、なんや中から音がして。誰かおるみたいやねん」

「誰？」

「わからへんけど、掃除機の音がした。二谷の回し者やろか」

「いや……違う」

大輔だ、と瞬時に確信した。空気の淀みを異様に忌み嫌う大輔は暇さえあれば掃除機をかけていた。

大輔が帰ってきた。

「よっしゃ！」

松ちゃんを真似て大声を張りあげた。動きの緩慢なエレベーターを待つのももどかしく、七階までの非常階段を一気に駆けのぼった。

呼吸も荒く部屋の前に立つ。鍵はかかっていない。掃除機の音は聞こえてこないが、扉を開けると確かに男の靴がある。

僕は乱暴にスニーカーを脱ぎすてて玄関の敷居を跨いだ。その拍子に足の包帯がほつれ、白いびらびらを引きずりながらリビングへと急いだ。そして開いたガラス戸の向こうに本を手にした人影を見た瞬間、見えない何かに額を打ちすえたように硬直した。

大輔じゃない——。

崩れそうになった僕の目の先で、ダイニングテーブルの奥、大輔の定位置にいる大輔じゃない男が本から顔を上げる。

彼と僕の視線が交差した。

僕は恐怖した。それは恐怖としか言い得ないひりつくような一瞬だった。

大輔だった。

そこにいるのは大輔であり、しかし、もはや僕の知る大輔ではなかった。

28

人間は変わる。そんなことは知っている。しかし、たった三ヶ月でこれほどまでに豹変できるものなのか。

トレードマークのモップ頭も、屈託のない笑顔も、もはやそこにはなかった。こっそり別の何かになりすました大輔が僕を試して遊んでいるようでさえあった。頭皮が透けるほど刈りあげた坊主頭。病的に痩せた体。生コンみたいに青黒い顔。挙げればきりがないけれど、何よりも彼を以前の彼から遠ざけていたのはその表情だった。不自然なほどの静けさを湛えた顔の中、瞳だけが異様な熱を帯びている。

「礼司さん、久しぶりやな」

声だけが以前のままだった。

「元気そうやん」

おまえもな、とはお世辞にも返せず、僕は無言で対座した。乾いて縮んだ野菜みたいな大輔を正視できず、彼の前にある一冊の本へ目を落とした。それで全てが判明した。表紙カバーに印された著者の名は、誰もが知るところのカルト集団を率いる教祖のものだった。

「大輔……」

最も恐れていた事態を前に、破裂しそうな頭を鎮《しず》めるのにどれだけの時間を要しただろう。

少し遅れてリビングへ入ってきた結子は、その場に立ちこめる静寂の密度にたじろぎ、しばしガラス戸の前で立ちつくした。それから僕たちを素通りして窓際へ進み、床の絨《じゅう》毯《たん》へ尻をついてソファに背をもたせた。彼女の定位置だ。

大輔は見知らぬ女の出現にも気を散らすことなく、その顔に頑なな静けさを張りつけている。僕の沈黙にどこまでもつきあう構えのようだ。

結局、僕はこの現実を呑みくだせないまま重い口を開いた。

「おまえ、食うもん食うとるんか。なんや病人みたいやで」

「そか？　親も同じこと言うとったけど、俺自身は絶好調やから心配せんで」

「そんなら、なんでそないに顔色悪いねん」

「これも修行の一過程や。次の段階へ進めばまた違うてくる」

「ま、ええわ、ソレはアレとして、おまえ、腹減っとらんか。確か餅がまだ残っとるから、煮るなり焼くなり……」

「礼司さん、聞いてや。今日、親にも言うてきたんやけど、礼司さんにもきっちり自分の口から言わしてほしい」

「いや、ソレもアレやし、それより久々に酒でも飲まんか。積もる話もあるし、まあ、焦らんでじっくり……」

「礼司さん、俺、もう酒は飲めんのや。礼司さんに会うのもこれが最後になる。これからはもっと上の修行を……」

「もうええ、言うな！」

「頼むから聞いてや！」

叫び声がぶつかった。

次の一語は大輔が早かった。

「俺、出家するんや」

根こそぎ魂を浚《さら》われたような虚脱の体に陥った僕には、この後の大輔の長広舌をここに再現することができない。いや、たとえ全身全霊を込めて傾聴していたとしても、彼の言う意味を理解するには至らなかっただろう。尊師。教義。カルマ。霊性。ステージ。解脱。最終戦争。大輔の言葉は耳の入口でもわもわと反響するばかりで、僕の芯まで届かない。

「大輔。俺にはおまえがなに言うとるんかひとつもわからん」

「それは礼司さんがわかろうとせんからや」

そんな言い合いが続く中、次第に僕は目の前の大輔に疲れて心を閉ざし、過去の記憶へと逃げこんでいった。

大輔と過ごした一昨年の夏。何人もの手配師を紹介し、何度も一緒に働いた。最初の頃は角材ひとつまともに運べない足手まといだった。何をやらせても中途半端で、すぐにへばっては弱音を吐いた。それでも投げださず毎朝四時に起きてはセンター通いを続けた。わからないことは人に聞き、できないことはできるまで教えてもらう男だった。休み時間はおっちゃんたちの昔話を熱心に聞いていた。ある日、仕事でミスをしたおっちゃんの一人に若い現場監督が暴言を投げると、大輔は激昂してその若造につかみかかり、「目上の人間になに言うか」とどやしつけた。キレた大輔を見たのは後にも先にもその一度限りだ。普段は陽気なお調子者だった。酒に酔うと気が大きくなって大言壮語を吐いた。夜道で潰れている酔漢を見ると放っておけず、介護している隙に財布をすられたことが二度あった。二人組による窃盗の手口なのだと僕が諭しても信じようとせず、酔っぱらいに悪い人間はいないと意固地に言い張った——。

「なんでや」

たまらず僕は呻いた。

「なんでおまえがそんな、いつからあんな教団なんか……」

大輔がようやく僕にもわかる言葉を発したのはこのときだ。

「あのあとや」

「あのあと？」

「あの夏……釜へ行ったあの夏が強烈で、衝撃的で、忘れられへんで」

神について滔々《とうとう》と語っていた声が、彼自身の話になるなり陰鬱に湿った。

「早い話、俺、抜け殻になってしもたんや。いや、もともと空っぽな人間やったから、もとへ戻っただけかもしらんけど」

「誰が空っぽやねん」

「俺や。そら表向きはへらへらしとったし、まわりに調子を合わせるのもうまかったけど、ほんまのところ……こんなん誰にも言わへんかったけど、子供の頃から、なんや心ん中はすかすかしとってん。ずっと、昔から、生きとる実感が薄かった。いつも自分を演じとる気がして、何をやっても本気になれんで、ほんまの自分はえらい白けとって。自分だけやない、この世界そのものも薄っぺらく思えて、実体ちゅうか、手応えちゅうか、なんや重みがあらへんで。小説読んどるほうがまだ生きとる感じがするくらいで、そやけどそれは別の誰かの人生で……」

釜へ行くまではそうやった、とそこだけは強く言い切った。

「小説の舞台に釜を選んだのも、なんや手応えがほしかったからかもしらん。そら最初は後悔したで。どえらいとこ来てしもた、思うたわ。毎日きつい仕事して、ぼろぼろの汗みどろで、げえげえ吐いて……死んでまう、思うた。そやけど、死んでまうちゅうのは、生きとることと背中合わせやねんな。礼司さんと一緒に働きながら、帰りに酒飲んでまた吐きながら、ああ俺、生きとるって思うてん。何遍も思うてん。世界も違うて見えてきた。おっちゃんたちがよう言うとるやろ、あのビルはわしらが建てたんや、あの鉄道もわしらが造ったんや、って。俺らが住んどるこの街、どの建物ひとつ取ったかて、どこぞの誰かが汗噴いて建てたもんやねんな。そう思うたら、なんやこの世界がやっと実体のある本物に見えてきてん」

訥々《とつとつ》と語る大輔を前に、このとき、僕が頭に描いていたのは通天閣からの眺めだった。人々がこぞって群がっていた北向きの窓。人類の英知を思わせる光景。あの梅田スカイタワーひとつを取っても、確かに日雇い労働者の汗なくしては今の偉観を誇れなかっただろう。

「そやけど、同時に疑問も湧いてきた。そうして実体のある世界を築きあげてきたおっちゃんたちが、今じゃ使い捨ての紙コップみたいに路上に転がっとる。日本の経済発展を腕一本で支えた人たちが、年取って、仕事なくして、どんどんのたれ死んでいく。これはなんやろ、この国はなんなんやろって、考えれば考えるほどわからんようになって……」

夏が去り、神戸で迎えた秋も冬も大輔は考え続けた。答えは見出せず、むしろ社会への違和感は肥大化していった。食欲が衰え、眠りも浅くなった。精神が軋みを上げていた。そんな時期に教団の仲間たちと出会った。大学の友達にはまともに取りあってもらえない悩みに彼らは本気で耳を傾けてくれた。共鳴してくれた。そのことに救われた。彼らとならばこの無慈悲な世界よりもマシな所へ到達できそうな気がした。入信一年目は時おり道場へ顔を出す程度だったが、去年の春先、初めて泊まりの修行に参加したのを境に変化が起こった（そこで大輔は教祖と初めて対面し、なんらかの神秘体験をしたらしい）。以降、加速度的に傾倒、教団の道場へ入り浸るようになり、ついに出家を決意した。

教団の話になると再び大輔の舌はなめらかな律動を取り戻したが、僕はもはや聞いていなかった。このとき僕の心を占めていたのは強い自責の念だけだった。

去年の夏、大輔の外泊が増えてきた時点で僕が気付いていたら。もっと注意を払っていたら。ここまで深みにはまる以前に引きとめていたら。いや、それ以前に一昨年の夏、僕が日雇い仕事など紹介していなかったら――。

「大輔、おまえは気のええ男や」

今さら何を言っているのだと我ながら思いつつ、それでも黙ってはいられなかった。

「そらこの世界は無慈悲や。神も仏もない。だからこそ、せめて気のええ人間が必要なんや。出家なんかやめとき、おまえはこっちにおらなあかん人間やで」

「礼司さんの言うとるこの世界は、もう先が長くない。日本人はカルマを溜めすぎた。さっきも言うたけど、もうじき最終戦争が起こって大勢の人間が葬られる。修行を積んだ人間だけが生き延びて、新たな世界を築く使命を担うんや」

「おまえ親のことも考えてみいや。出家したら家族とも自由に会われへんねんで。どんだけ修行したかて、親を泣かせたら人としてあかんやろ」

「親は捨てたし、親も俺を捨てた。教団抜けるまでは顔も見とない言われたわ。そやけど、時が来ればわかってもらえると俺は信じとる。修行を積んだ信者はその徳で周りの人間を救うこともできるんや。俺が霊性を高めることで、家族や礼司さんかて最終戦争を生き延びられるかも……」

「人のこと心配しとる場合かい」

堂々めぐりの不毛な応酬が続いた。大輔の言葉が耳の入口で滑り落ちるように、僕がどれだけ声を力ませたところで彼にはもはや響かなかった。二時間を超える悪あがきの末、僕のほうが先に力尽きたのは、このやりとりすらも大輔は修行の一環として計上していることを知ったためだ。真理に目覚めていない俗人からの責めに耐える。これによって彼はまた一段霊性を高めることになるらしいのである。

「そやから遠慮はいらん。礼司さんの言いたいだけ言うてくれたら……」

「大輔、もうええわ」

ふと見ると、窓の外は真っ暗に暮れていた。それは夜というよりも宇宙を思わせる闇だった。夜明けと共に光を迎えるのではなく、未来永劫につきまとうような暗黒。

「なあ、大輔」

不意に泣きそうになった自分にうろたえ、僕は努めて声を張った。

「最後にひとつだけ……俺にできることはないか。なんでもええ、おまえのためにできることはないんか」

「礼司さんはもう充分すぎることをしてくれたわ。礼司さんがいなかったら俺、ずっとあのまま、空っぽのまま生きとったやろし、グルとも出会えへんかったやろし」

その事実がどれだけ僕を打ちのめしているかも知らずに大輔は言う。

「あ、そやけど、ひとつだけ断っとかなあかん。このマンション、今月一杯で親が契約打ち切る言うとるねん。すまんけど、来月からは住んでもらえんようになった。せっかく彼女もできたみたいなのに、堪忍な」

「なんでおまえが謝らなあかんねん」

やるせなく吐きだし、唇を噛んだ。直後、考えるよりも先に両手がフリースのパーカーを脱ぎ捨てていた。

「礼司さん？」

「ちょい待ちや」

勢いに任せて長袖のTシャツもまくりあげ、胴に巻きつけた貴重品入れのファスナーを開く。この半年間、親鳥のように温め続けた百枚の札束。僕はそれを鷲づかみにして大輔に突きつけた。

「今までの家賃と光熱費や。どうしても出家するんやったら、せめてこれを持ってき」

「なに言うとるんや。こんな大金、礼司さんからもらえるわけないやろ」

「ええから持ってき。こんなええ所に半年間も住ませてもろて、安すぎるくらいや。俺は他に貯金もあるさかい、心配いらん」

「あかん。もらえん」

「ええから」

「ええことあるか」

金の押しつけあいにげんなりしてきたところで、そや、と大輔が痩けた頬を緩めた。

「それやったら、この金、礼司さんから教団へのお布施ってことにさせてもらえん？

そしたら礼司さんの霊性も高うなって……」

「それでおまえのハクがつくんなら好きにしたらええ」

別れは敢えて記すまでもないほど呆気なかった。恐らく大輔にとってこの現世はもはやぺらぺらの紙のようなものであり、その表面に描かれた万事はたまゆらの下書きにすぎない。出会いも別れも深く刻むに値しないのだろう。

終始その顔を覆っていたびくともしない静けさ。最後の最後でほんの一瞬それが崩れたのは、なんの未練もなく彼がリビングを出ていく直前、それまで気配を消していた結子が不意に大声を上げたときだった。

「あんた、言うとくけど出家なんか、ひとつも色気があらへんで」

はたと振りむいた大輔の面食らった様子を、せめて僕は最後の記憶として留めておきたいと思う。結子の乱暴な一声に虚を突かれ、今にも泣きだしそうですらあった表情。少なくともそれは「ヘタレの大輔」で名を馳せた彼らしい素顔だった。

29

或いは、僕が絶対無敵の性欲をもってして他者との連結を夢見るように、大輔は共通の神をもってして他者との共生を目指しているのだろうか。

そんな考えが頭をよぎったのは、大輔が去ってそれなりの時間が流れてからのことだ。大輔の説く教義は絵に描いた餅のようで著しくリアリティに欠けるものの、「性欲」に比べて「信仰」が遥かにピュアな媒介であることは否定できない。大輔にしても、その仲間たちにしても、今よりもマシな未来を共有せんと至極無欲にその身を信仰へ捧げているのは事実だろう。

しかし実際問題、絵に描いた餅に何ができるのか。

大輔は本気であんな教義を信じているのか。

人を疑わないあの素直さが災いしたということか。

この晩は悶々と考え続け、答えの出ないまま迎えたその翌日、僕は生理的な高ぶりに任せて朝から結子と交わった。我ながら猿なみの性欲だと呆れるが、僕が劣情に打ち勝ったところで、なんら事態が好転するわけではない。むしろ禁欲生活に入る大輔のぶんまで僕が色事に勤しむことにより、この世界の均衡がうまいこと保たれるのではないかと心でうそぶいてみたりもする。

「あのな、出家ちゅうんは煩悩《ぼんのう》を捨てることやから、色気がなくてなんぼやねんで」

果てたあと、念のために僕が正すと、

「そういう意味やなくて」

結子は覇気のない声を返し、そのまま黙りこんだ。しばらく続きを待ったが一向に聞こえず、見ると、彼女は再び寝息を立てていた。

正月三日目はそんなふうにして始まった。

細かい雨が舞う薄暗い一日だった。僕はひねもすダイニングテーブルでワープロと格闘し、結子は窓際のソファに背をもたせてマニキュアを塗っては落とす。互いにやっていることは元日と同じでありながら、部屋に燻る空気の湿り気が違う。

先の章を陰気にならずして書き進めるのは無理な話だった。大輔との再会。嚙み合わない会話。それらをなぞることはあの時間を追体験することに他ならない。そしてなぞればなぞるほどに、僕はまだ大輔に対してやり残した何か、言い残した何かがあったのではないかと思えてならないのだ。大輔はもっと実際的な、もっと賢明な、もっと真摯な、もっと実のある言葉を求めていたのではないか。

更に悪いことに、そんな後悔の嵐の中で、舞い乱れる木の葉のように時おり別の影がちらつく。一過性の勢いでなげうった百万への未練だ。

他にも貯金はあると大輔に言ったのは嘘ではなかった。バブル時代に貯えた金の残高が七十万。プラス、この居候生活中に貯まった金が五十万。金庫代わりの長期ロッカーには目下それだけの額が眠っている。大輔のおかげでこの半年間は宿代が浮いた上、日雇い仕事へ出る以外は終始部屋にこもっていたため、食費以外の金を使わずにすんだ。それだけでも充分な収穫だ。そう自分に言いきかせても、ふとした心の空隙に、手放した金への浅ましい執着が忍び込む。

煩悩にまみれた僕は朝から餅くらいしか口にせず、ハアだのフウだのと不浄な嘆息を量産し続け、空が暗んでからようやく結子の存在を意識した。彼女もこの日は朝から餅くらいしか口にしていないはずだった。

「腹、減ったんやないの」

返事のない彼女の定位置を振りむくと、ソファに背をもたせたまま眠りこけている。ソファの上には窓が見え、夕闇を湿らす雨はいつしか雪へ変わっていた。雨音は消えても街は静かに濡れ続けていたらしい。

「なに？」

歩みより、しゃがみこみ、寝顔を眺めていた僕に気付いた結子が瞼を開いた。

「えらいしかめっつらして寝とるなあ、思うて」

「また怖い夢を見た」

「腹、減っとるんちゃう」

「なんで」

「腹が減ると人間、不安になるやんか。ちょいと肉でも買うてこよか。豚肉でもええ?」

「今はなんも食べとない」

口を開くのもかったるそうに言う。

ここに来て僕はようやく思い至った。今日という一日、この部屋で陰性の気を垂れ流していたのは僕一人ではなかったのだ。

「なんかあったんか」

床の絨毯に尻をつき、結子と肩を並べた。たちまち視界の大半がソファで塞がれ、まるでドヤの三畳一間にもどったような錯覚に陥る。

「もしかして、この部屋、出ていかなあかんことを気にしとる?」

「ちゃう。そうやなくて……あのな」

「なに」

「ほんまに聞きたい?」

「はよ言えや」

「伸太郎に、新しいおかんができるんやて」

「へ」

「昨日、一緒に初詣へ行ったやろ。帰りに牧場みたいな公園へ寄って、仲太郎がポニーに乗っとるあいだに、元の亭主から聞かされてん。再婚するんやて。今度の人は姑ともうまくやっとって、仲太郎も……うちの前ではなんも言わへんかったけど、家では二人目のおかんができるってはしゃいどるんやと」

「はあ」

なんと返せばいいのかわからず、僕は間の抜けた相槌を打った。

「まあ、仲太郎が喜んどるんやったら、なあ」

「元の亭主に言われてん。二人のおかんがおってもええけど、正式なおかんは一人でええ。再婚相手と仲太郎がうまいことやってくためにも、これから先、うちには一歩引いとってほしいんやて。このマザコンもたまにはまともなこと言うねんなあ、思うて驚いたわ」

「まとも?」

「そら仲太郎の将来を思うんやったら、うちはしゃしゃり出んほうがええやんか」

この女もたまにはまともなことを言うのかと僕のほうこそ驚いた。

「そうか。なんや寂しい話やな」

「もう誕生日もクリスマスも一緒に祝えん」

「つまらんなあ」

「学芸会も、運動会も、吹奏楽部の発表会も行かれへん」

「えらいいろいろ行っとってんな」

「そんなんただの母親ごっこや、ままごとみたいなもんやって姑は嫌味言うとったけどな。母親ごっこ、うちは大好きやってん」

「もう会えへんわけやないんやろ。あんたが産んだ子やし」

「血の繋がりなんか儚《はかな》いで。ま、救いはどんな女かて、うちよりはマシなおかんになってくれることか」

冗談めかして笑おうとするも、笑顔に見えなかった。

「あんたかてええとこあるやん」

「うちは体だけや。あの女と一緒や」

「そんなこと……」

ない、と言い切るには、僕はあまりにもこの短期間で結子を貪りすぎている気がして、言い淀んだ。

「体も心も合わせてあんたやろ。そんな単純なもんでもない」

「どうやろな」

「あんた、これからどうするんや」

「どうするって？」

「旦那とのことも考えなあかんやろ。あ、そういえば」

伝えそびれていた二谷との取引を思い出して告げると、結子はにわかに瞳を険しくし、憎々しげに吐き捨てた。

「なんやの、それ。うちの自由はうちのもんや。せこい手使って人の人生、利用しようとしとった男がよう言うわ」

「そやけど、あんたの自由を支えとるんはあいつの金やないんか」

「二谷はそう思うとるやろな。あの男はうちを掌の上で踊らせとる気でおるねん。アメックスのロゴが入った薄っぺらい掌や」

「踊る阿呆に見る阿呆か」

呟いたとたんに睨まれた。

「あんたこそ、この部屋に住めへんようになったらどないするつもりやの。またドヤへ戻るんか。釜におったかて、カジノの街ができたらもう日雇いもできひんようになるんやろ」

問い返されて、改めて自覚する。大輔や結子、釜のおっちゃんたちのことで気を揉んでいる僕自身、一寸先も見えないどんづまりにいる一人なのだ。

「まずは小説の完成や。あれを終わらせんことにはどこへも行けん気がする」

「いつ終わるん？」

わかるものなら教えてほしい、と口には出さずに天井を仰いだ。

「知っとる？　雪が降っとるの」

「ほんま？」

「見てみ」

「今はええ。仰山積もってから見て、わっと驚くのが好きやねん」

「ああ」

それわかる、と笑うと結子も笑ったが、その目はとろんと潤んでいた。

「積もるまで、もうちょい寝てもええ？」

「ええよ」

「積もったら絶対、起こしてな」

惜しくも雪は積もることなく再び雨に戻り、僕はいつまでも結子を起こせず、結局、絨毯にずりおちた彼女と共に床の上で朝を迎えることになった。

30

それから二日間の結子はさながら野獣の雌のようだった。底知れぬ獰猛な肉欲をもって雄を食いものにする、という意味では残念ながらなく、負傷した野生動物がエネルギー消費を最小限に抑えて自然治癒を待つように、終日ほとんど食べず、語らず、動かず、ひたすら昏々と眠り続けたのだ。

死にはせえへんから放っといて。そう言われた僕は望みどおりに彼女を放っておき、おかげでその間は小説に専念できたものの、二日目の夜ともなるとさすがに不安が寄せてきた。果たしてこのワイルドな自然療法は人間にも有効なのだろうか。天賦の回復力もとうとう底を突いたのか。

だからこそ三日目の朝、普段よりも遅く目覚めた僕の嗅覚が炊けた米の匂いを認め、続いて聴覚が台所をうろつく足音を捉えたときにはほっとした。

「なんや今日は寝坊やな。はよシャワー浴びて、朝ごはんにしよ。時間もないし」

台所を覗くと、昨日までは後ろでひっつめていた巻き毛を肩に垂らした結子がいた。化粧も厚めに施し、この二日間をすっぱり記憶から排除したように微笑んでいる。さすがだ。

「時間って？」

「今日、桜川んとこ行くんやろ」

「ああ……俺、言うたっけ？」

「うちもついていくことにした」

一か八かの桜川邸潜入。この件を彼女に伝えた覚えのない僕はますます当惑した。

「ついてくって、どこへ」

「そら桜川んとこやろが」

「そやけど、桜川やで。あんた、二度とあの男には会いとないんやろ」

「会う気はないわ。門前までや」

「門前？」

「桜川はガードの固い男やし、そう簡単には他人を家に入れへん。そやけど、うちがおったら門前払いはせんのとちゃう？　あんたには世話になっとるさかい、このくらいはさせてもらうわ」

なるほど。家出したきりの絶縁状態にあるとはいえ、一応は桜川の義理の娘に当たる結子を伴う意味は確かに小さくない。

思わぬ助太刀で活路を開いてくれた結子は、その上、思わぬ提言をした。

「あんた、なんで小説持っていかへんの」

「小説？」

「あんたの書いとる小説や。二谷はあれを桜川に知られるのを恐れとるんやろ。こんなチャンスはあらへんやん」

「そやけど、見せたら、二谷にバレるやろ。そしたらあんた、即刻カードを止められてまうねんで」

にっと笑った結子の次なる一言は、彼女が二谷の掌の上で軽やかに踊りはしても、そこに寄りすがりはしない理由を告げていた。

「ホステス時代にうちがどんだけ稼いだと思うとるの？　その気になったら店の一軒も建てたるくらいの金は持っとるわ」

僕は即刻、大輔のプリンターを借りて原稿の印刷にかかった。

大阪まではこの日も電車を使った。少し前に中指の爪が完全に剝がれ落ちたのを端緒に僕の足は蘇生を始め、痛みもだいぶ和らいできたものの、時々、庇うべきその足に誤って重心を載せてしまう。そのたびにイタッと呻いては結子に不審がられた。歩くだけでもこれなのだから、自転車の二人乗りはまだ厳しいだろう。

桜川邸の住所はビリケン男から聞いていた。住吉区の帝塚山、大阪では言わずと知れた高級住宅街の一等地だ。距離的にはさほど釜ヶ崎から離れておらず、地下鉄の駅を出た僕たちはまず松ちゃんのアパートを目指した。

限りなく零下に近い真冬日だった。空には幾重にも雲が垂れこめていた。陽が射せば明るい幻想の欠片くらいは降りてきそうなドヤ街も、誤魔化しようもない陰影に覆われている。

炊き出しの長い列。

吹きさらしの路傍にたたずむ物売りや男娼。

凍死を恐れ、瀕死の回遊魚さながらに徘徊する野宿のおっちゃんたち。

僕が引っかけている十年来のダッフルコートですら上等に思えるほどに、道行く人々の冬支度は一様にうら寂しい。薄いジャージ一枚のおっちゃんもいれば、ビニールガッパをコート代わりにしている老体もいる。この冬は一体どれだけの凍死者が出るのだろうか。

「うちがおった頃と全然ちゃう。いつからこんなんなってん」

七〇年代の釜ヶ崎を記憶に留める結子は街の変貌に戸惑い、その苦況から目を背けるように終始うつむきがちだったが、松ちゃんのアパートへ着くなり表情を一変させた。

「まさか、ファンタのおっちゃん？」

「その呼び方は……結ちゃんか！」

三畳一間の床についていた土気色の老人が、奇遇にも彼女の昔馴染みだったのだ。

「ほんまに結ちゃんか。信じられん。あんた、大きいなったなあ。すっかり大人の女やなあ。ああ、生きとってよかったわ」

「うちかてほんまに嬉しいわ。生きとってくれてよかったわあ」

目は落ち窪み、頬は削げ、死臭が部屋を埋めるほどに目の前の老人は痛ましい。けれど結子はそれを嘆くでも哀れむでもなく再会を寿《ことほ》いだ。

「うち、よう思うとったんよ、ファンタのおっちゃんはどないしとるんやろって。おっちゃんには可愛がってもろたし、毎日ファンタを買うてもろたしな。うち、あれが毎日の生き甲斐やってん」

「結ちゃんはアパートのマドンナやったもん、ファンタくらいは安いもんや。ようあの年で中年男たちをたらしこんでくれたもんや」

「いややわあ、みんながうちに同情してくれはっただけやて。家にお金がないとき、ファンタのおっちゃんとミルキーのおっちゃんがうちの給食費、払うてくれたこともあったな」

「困ったときはお互いさまや。あんた、おとんが逝ってすぐ引っ越してもうたけど、あれから元気にしとったか」

「当たり前やん。うちな、キタのキャバレーでちいママにまで昇りつめたんで。今は金のジャガーを持っとる。結婚相手にもろてん」

「さすがは結ちゃんや。金のジャガー、あんたのおとんの夢やったもんなあ。きっと草葉の陰で嬉し泣きしとるで。安全運転せいや」

「免許ないから乗れへんねん」

「ほな安全に駐車しとき」

どうせだったらウエストホテルの社長夫人になったことでも誇ればいいものを、結子はズレたところで子供のように得意がっている。挙げ句、蚊帳《かや》の外でぼうっとしていた松ちゃんと僕を振りかえって言った。

「悪いけど、うち、桜川んとこへは行かれへん。ファンタのおっちゃん残して行けへんわ。ここで待たせてもらう」

「へ。そやけど、桜川はガードが固いちゅうて……」

「どうにかなるんちゃう」

結局、結子の気まぐれに振りまわされただけで、桜川邸へは予定通り松ちゃんと二人で行くことになった。

「あんたのヒロイン、なかなかのタマやな」

消毒液の匂いとアンモニア臭が充満する部屋を出るなり、松ちゃんがぽつんと呟いた。

どうにかなるんちゃう。

他人事を極めた結子の未来予想は、しかし、結果的には当たっていた。

瀟洒《しょうしゃ》な住宅街の中でもひときわ目を引く純日本家屋造りの桜川邸。その広大な敷地を守る城壁さながらの塀を見上げたときには腰が引けたものの、こうなったら正攻法や、と半ばやけくそで松ちゃんがインターホンを鳴らすと、奇跡的にも返ってきたのは「お入りください」の声だった。

なんてことはない、ビリケン男から頼まれた花散里が、会うだけでも会ってやってほしいと桜川にかけあってくれていたのだ。おかげで僕たちは屋敷内へ通されただけでなく、宴の広間にまで迎え入れられた。

宴席は面妖の一語に尽きた。コの字型に配された膳の前には桜川の元愛人が勢揃いし、和服で正装したその数は七名。さぞや激しい水面下バトルがくりひろげられているかと思いきや、意外にもはしゃぎ声や笑い声が飛び交い、睦やかな賑わいに満ちていた。長きにわたる冷戦に疲れた熟女たちの達観か、はたまたしたたかな処世術か。何も知らずに眺めれば、恩師を囲む無邪気な同窓会にも見えただろう。

雛壇に鎮座する羽織袴の恩師役は言うまでもなく桜川一郎だ。コの字の角から見やる彼は予想外に小柄な男だった。居並ぶ元愛人たちがふっくらと肥えているのに対し、その贅肉のない肉体はむしろ禁欲的な人生を彷彿とさせた。話し方には機知があり、笑い方には茶目っ気があった。入れかわり立ちかわり進み出ては酌をする女たちへの態度も紳士的で、かつて肉欲のままに女たちを犯し、その連れ子までも食いものにしていた人面獣心の面影は見られない。

僕は桜川というキャラクターを再検証すべきなのではないか。

思い惑う僕を花散里が桜川の前へと導いたのは、入室から約一時間後、ほどよく酔った女たちがコの字の真ん中で百人一首を始めた頃だった。

「社長が十分だけお会いになるそうや」

耳元でささやかれ、松ちゃんと二人で痺れた足を雛壇まで引きずった。

緊張はしていた。が、松ちゃんほどではなかった。この対面に賭けていた松ちゃんは桜川を前にするなり十秒間ほど凝固し、それから唐突に深々と一礼した。

「突然、押しかけて堪忍です。わしは釜ヶ崎で……」

「自己紹介なんかいらんで」

間髪入れずに桜川は返した。

「釜の松山祐三《ゆうぞう》ちゅうたら、言わんでもよう知っとる。あんたもわしを知っとる。はよ用件に入りや」

小者の僕など目もくれず、松ちゃん一人をまっすぐに睥睨《へいげい》する。数えきれない酌を受けたあとにもかかわらず、その目は実に醒めていた。そこにいるのは好々爺然と女たちの相手をしていた男ではもはやなかった。

「ほんなら単刀直入にお尋ねしますけど」

ここはわしに任せとき。僕にそんな目配せを寄こし、松ちゃんが桜川に向きなおった。

「桜川さん、あんたが府政のカジノ計画に賛同し、釜からの立ち退きを呑んだちゅう話はほんまですか。わしには信じられんのですが」

「パーラー桜を撤退さす構えがあるのは事実や。そやけどわしは釜を出ていく気はない。釜の外で商うつもりはこれっぽっちもあらへんで」

「どういう意味ですか」

「等価交換じゃ。パーラー桜十九店舗の資産価値に見合った土地をもろて、わしも釜でいっちょカジノホテルを建てたるつもりやねん」

天井から冷たい塊でも降ってきたかのように、松ちゃんの横顔が凍りついた。

「あんたが釜でカジノホテルを？　カジノはパチンコの宿敵やないですか」

「この時代、新勢力とむやみに敵対したかてなんぼの得もない。どのみちカジノの合法化は近いとわしは読んどるねん。遅かれ早かれカジノがパチンコに取って代わる日が来る」

「そやけど……」

泰然自若たる桜川を前に、松ちゃんの目元がひくつきだす。危険信号だ。この席で僕が最も恐れているのは切れやすい彼の爆発だった。

「そやけど、カジノの街ができたら、いま釜におる連中はどうなるんです。居場所も仕事も奪われて、路頭に迷う人間がどんだけおると思うんです」

「逆に聞かせてもらうけど、あんた、カジノができたらどんだけの人間が職にありつけると思うねん。カジノは一万人規模の雇用を創出する救世主やで」

「救世主？」

「今の釜がどえらいことになっとるのは誰よりあんたが知っとるはずや。不況続きで日雇いの求人が激減した。その日暮らしのおっちゃんたちは働かな食うもんも食われへん。

生きていくには仕事が必要なんや」

紋入りの羽織を引っかけた撫で肩を前のめりに傾け、桜川が声を凄ませる。

「カジノホテルを建てた暁には、わしは釜でいま腹を空かしとる連中から優先的に雇用するつもりじゃ。それだけやない。行政レベルで釜の日雇い労働者をカジノ産業に取りこむ雇用システムをこしらえてくれちゅうて、目下、大阪府と交渉中や。府知事の反応は悪ないで。誰かて労働者を無下に追いだしたなんぞ言われとないやろしな」

「それやったら、釜の連中はカジノができても追いだされんのですか」

「ただし、雇用対象はせいぜい五十五歳までやろけどな」

一度は希望を宿しかけていた松ちゃんの目が曇った。

「桜川さん、釜がどんだけ五十五以上の人間で溢れかえっとると思うんです」

「松山さん、どこの経営者が五十五すぎの人間をわざわざ雇用するちゅうんです。政治も経済も仏心じゃ動かせん。わしゃ実現可能なぎりぎりの話をしとるんや」

眼光鋭い視線と視線が衝突する。

「五十五歳以上は切り捨てる。要はそういうことですか」

「五十五未満の人間だけでも救えるときに救うたる。それがわしのやり方じゃ」

「救われた人間の陰でどれだけの老人がのたれ死んでく思うとるんです。ドヤから追いだされて、働くとこも寝るとこもなくして、釜の仲間らとも切り離されて……」

口を挟むことすらできない僕の傍らで、松ちゃんの目元が再び痙攣しはじめる。唇はわななき、膝に置いた拳は震え、もはや限界点に達しようとしているのがわかる。

「奴らは今さら釜の外では生きられん。あんな街かて、奴らにとっては故郷やねん。あんたらはそれを……」

松ちゃんが爆発するよりも早く、しかし、僕の背後で叫声が弾けた。同時に大きな震動が床を伝い、振りむいた僕の目に女と女のとっくみあいが映る。百人一首の札をめぐって揉みあい、床を転がり、口汚い罵り文句を浴びせあう二人。結いあげた髪を振り乱しての醜態に目を疑うも、更にぞっとしたのは二人を眺めるほかの女たちの白けた眼差しだった。誰かと誰かが何かを奪いあうことになど慣れきった瞳。桜川にしても同様で、むしろその目は倦んでいる。

「どのみち、もう寄せ場の時代やない」

札の獲得に敗れた女が捨て台詞を吐いて広間を飛びだすと、何事もなかったように百人一首は続行され、桜川も僕たちに向きなおった。松ちゃんはすっかり毒気を抜かれていた。

「もう手配師がセンターで仕事を斡旋する時代やない。近頃、新しいもん好きの連中が携帯電話ちゅうのを持ちだしたやろ。十年もすれば日本中の大半があれを持っとる時代が来る。日雇い仕事の斡旋も、契約も、あの電話一本ですんでまうようになるで。派遣法かて企業に都合ええようにどんどん変わって、大規模な斡旋業者がおおっぴらに労働力を管理する日が来るわ。もう寄せ場でちまちま人を集める時代やあらへんねん。カジノができても、できんでも、どのみち釜には先がない。じわじわと痩せ衰えてくか、一気に滅ぼして救える人間だけでも救ったるか、どっちかや」

携帯電話。派遣法。斡旋業。桜川は時代の先を見越しているようだが、今を生きるのに精一杯の僕には彼の語る未来がイメージできない。自分の足で夜明け前のセンターへ通い続けてきた人間に、電話一本で仕事が手に入る時代など想像できっこない。だから反論できない。納得しているわけではないのに、桜川へ返せる言葉がない。悄然と口をつぐんでいたところを見るに、松ちゃんも同じなのだろう。

「十分経ったから帰ってや」

不完全燃焼のまま鎮火を強いられた松ちゃんに、桜川が言った。

「あいにくやけど松山さん、わしはあんたみたいに釜ヶ崎と心中する気はないで」

数分後、僕は持参した原稿をそのまま抱えて桜川邸の外にいた。

いざとなったら怖じ気づき、おずおずと持ち帰ったわけではない。退座する寸前、僕は最後の一手とばかりに萎縮した自分に鞭打ち、桜川に頼み入った。

「素人の書いた恥ずかしい小説やけど、どうか読んでもらえませんか。ベガス構想の陰で政治家たちがどんだけ姑息に立ちまわっとるかわかってもらえると思います」

桜川は睫毛《まつげ》の一本も動かさなかった。

「なんで素人の書いたもんをわしが読まなあかんのや。そもそも政治家ちゅうのは姑息なもんや。姑息やない政治家なんて、イボのないイボガエルみたいなもんやないか」

この瞬間、僕の手の内にあった重要な書類は単なる紙の束と化した。然るべき姿を取り戻したとも言える。確かに、この男が僕の小説を読まねばならない理由などはどこにもない。万が一、読んだとしても鼻で笑われるだけだろう。僕は氷海のようにしんとした心でそれを認めた。

桜川は確信的にカジノを釜ヶ崎へ迎え入れようとしている。一部の人間を見限ることで一部の人間を救い、彼自身も時代に食らいついて生き延びる構えでいる。桜川次第では計画の白紙化もありえると考えていた僕たちにとって、これは大きな誤算だった。松ちゃんなどは魂をひったくられたような有様で、桜川邸の玄関を出たその表情もうつろだった。

途方に暮れた男二人、冴えない足取りで進む正門までの石畳がやけに長く感じられた。実際、長い距離だった。庭というよりも公園に近い敷地内には手入れの行き届いた松や楓が生い茂り、中心にある瓢簞型の池には赤い眼鏡橋が架かっている。

「な、どれがええ？　どれ？」

耳を介さず脳を直撃するような、きんとした女の声を聞いたのは、その眼鏡橋を渡ってすぐだった。

「うち、使うたことないからわからへんねん。あんたの好きなの選んでや」

見ると、年のわりに派手な和服姿の女が一人、松の大樹へ向かって呼びかけている。その足下の芝には幾本もの長細い棒が横たえられ、目を凝らしてよく見るに、それらの先端には鋏がある。テレビのＣＭでよく見る高枝切り鋏だ。

「好きも嫌いもそんなもん……一体、何本あるんです」

松の樹上からまだ若い庭師が問うた。

「七本」

「なんでまたそないに買うたんです。高枝切り鋏なんて一本あったら充分ちゃいますの。だいたい奥さん、庭仕事せんでしょう」

「そやけど、いつなんどき役立つかしれへんやろ。どうせやったら、いっちゃん新しいのがいっちゃんええ気がするやんか。いっちゃんええのがそこにあるのに、なんで買わずにおられるの」

「わからん。女心はミステリーや」

庭師の軽口に女が甲高い笑い声を上げる。女として扱われたことへの喜悦と媚びを含んだ音だった。

僕は足を止めて女に見入った。その視線を感じた彼女が振りむいた。化粧のきついその顔には下品と背中合わせのあだっぽさがあった。宴席にいた元愛人たちと比べてシルエットは細いが、樹木を揺する疾風にびくともしないその体には天資の回復力が宿っているようにも見える。

「うちの顔になんかついとる?」

誘うような問いかけに背を向け、僕は慌てて松ちゃんを追いかけた。

彼女のことは誰にも話していない。

31

翌日、夕食の席で思いがけずあの物体を目にしたとき、僕がぎょっとしながらも瞬時に「未来」の二文字を想起したのは、桜川の文句がまだありありと脳裏に焼きついていたせいだと思う。

チリリリ、チリリリリ――。

普通の電話とは明らかに異なる鋭角的な高音。その音源をビリケン男がナイロンのリュックから取りだしたときには、心底、困惑した。桜川の言っていたアレがまさかこんな所から出現しようとは。

「敦さんからです」

電話の子機よりもひとまわり小さなそれを耳に当て、ビリケン男が僕に言う。

「明日、礼司さんと会いたい言うてはりますけど」

「明日？」

「話したいことがあるそうで」

「ええけど、どこで？」

「ええ言うてはりますけど、どこで？」

敦と僕のあいだに入って約束を取りまとめ、ビリケン男が電話を切った。

とたん、待っていたように結子が身を乗りだした。

「カズ、あんた、いつから携帯電話なんか持っとるん？」

「ちょいと前に敦さんが買うてくれたんです。俺らの商売、これからはこれが必需品やちゅうて。なんやわからへんけど、情報の速度が重要なんやて」

「情報の速度なあ。なんやかっこええやん」

興味津々で携帯電話をいじりまわす結子を前に、僕は努めて無関心を装い、昼から煮込んだ牛筋カレーを口に運び続けた。

この夜、ビリケン男が夕食の席にいたのには理由がある。前日に続いて結子はこの日もファンタのおっちゃんの見舞いに行き、もう二谷の心配はないと言うのにビリケン男はその送迎をしてくれた。お礼にメシでも、という流れになったのだった。

聞けば、彼は日中このように敦の使い走りをしつつ、夜は高卒認定試験の勉強をしているらしい。僕もかつて同じ試験の受験を考えたことがあり、そのことで密かな仲間意識を抱きもした。

だからこそ、余計にたじろいだ。ビリケン男が携帯電話を持っていた。それだけで彼が新しい人種になってしまったような、ビリケン男から未知なる招福キャラへと昇進してしまったかのような、なんとも言いがたい胸のざわめきを覚えたのだ。

「礼司さん、どした？」

「いや、なんも」

せめてもう鳴ってくれるな、と卓上のそれを睨みながら急いで皿を空にした。

その日は鳴らなかったが、翌日、敦と会っているあいだに一度だけ鳴った。

六甲道駅前の鄙《ひな》びた喫茶店内だった。二人掛けのソファでふんぞりかえっていた敦は、セカンドバッグから鳴り続ける携帯電話をつまみだし、忌々《いまいま》しげにボタンのひとつを押した。耳障りな音はそれで消え、敦は満足そうにカッと笑った。

「かけるのはええけど、かかってくるのはやかましい」

どうやらこの文明の利器とうまく折り合いがついていないらしい。桜川との対面以来、晴れることのなかった僕の心が一瞬だけ明るんだ。

「カズから聞いたで、例の討ち入りの一件」

話というのはやはり桜川の件だった。

「桜川らしいちゅうたら、らしい話やわ。あの人は基本、抜け目のない商売人やからな。ほだされそうで、ほだされん」

「そやろな。さすがの松ちゃんも桜川の線は諦めたみたいで、別の方法を考えな言うとった」

「別の方法、なあ。浪崎矢須夫と大阪府を相手に何ができるちゅうんやろ」

「そこやな」

僕を鬱々とさせているのもそれだった。これまで水面下で進められてきたベガス構想のメディアリリースまであと十日。ひとたび計画が公になれば、マスコミを巻きこみ、企業を巻きこみ、国民を巻きこんで見る間に計画は具体化していくだろう。その前に手を打ちたいのは山々だが、しかし現実問題、松ちゃんや僕にどんな手があるというのか。この流れに抗う如何なる術があるのか。

「こう言っちゃナンやけど、正直、わしは桜川の言うとることもわからんでもないんや。ベガス構想が実現してもせえへんでも、この先、時代は変わってく。釜みたいな飯場は用無しになるかもしらんし、日本は一部の金持ちだけの楽園になるかもしらん。でもなあ、言うても、きっと抜け道もあるやんか。わしはそれをちまちま探して楽しゅう生きたったるわ」

黙り続ける僕に敦は二杯目のコーヒーを勧め、自分もプリンアラモードのおかわりを注文した。そして、甘党すぎるチンピラへの当惑を露わにウエイトレスがテーブルを離れるのを待って、おもむろに話題を切り替えた。

「実は、もひとつ話がある。あんた、二谷と取引したそうやな」

「取引？」

「あんたが小説を人に見せんかわりに、結子を自由にさせたる、ちゅうて。二谷にしては妥協をしたもんや」

「妥協か」

「あの男は結子を好きにさせとるようでいて、ポケベル持てだの、三日に一度は連絡せいだの、案外小うるさいところがあるねん。ワレの目が届く庭で遊んどれ、ちゅうやっちゃ」

「はあ。執着しとるわりにはあんまり愛情、感じられんけどな」

僕は率直な疑問を口にした。

「そもそも、二谷は結子さんに惚れとるんか」

「どうやろ。結子みたいな女を娶《めと》った自分の豪気に惚れこんどるんちゃうか」

「露悪趣味ちゅうか、ナルシストちゅうか？」

「裏返しのブラコンちゅうか、な。なにしろ結子は二谷が唯一、出来のええ兄貴から勝ちとった戦利品やねんから」

「戦利品？」

「結子に聞いとらんのか」

聞いていなかったことになぜだか軽いショックを受けた。見栄を張って知っているふりをしようとするも、もう遅い。

「知らんのなら教えたるけど、結子に先に目をかけたのは兄貴のほうやねんで。あそこの兄貴の夜遊び好きは有名でな、東京では家庭を大切に、出張先では派手に息抜きを、ちゅう器用なタイプやねん。そやけど結子には一時期ちょいと熱を入れすぎたらしいて、イーストホテルのジュニアがキタのホステスにはまっとる、ちゅう噂が飛び交っとった。それを二谷が嗅ぎつけたんやろな」

「それで二谷もクラブ通いを？」

「その点、結子はあれでもやり手やで。相手の気を引いて、簡単にやらせて、そやけど二度目はない。そら男は追いかけとうなるわ」

「はあ」

声にならない息が洩れた。追いついた。そんな気がしていたヒロインに、またひらりを脇をすりぬけられた思いがした。

「ま、あそこの兄弟喧嘩は犬も喰わん類のもんやから好きにさせとったらええねんけど、わしが言いたいんは、あんたはどないや、ちゅうことや」

「俺？」

「結子とあんた、わしは案外合うとる気がするねんけど、これからどうするつもりや」

「どうする言われても……まあ、船が帰ってくるまでは」

「結子をかっさらうつもりやったら、二谷のガードが緩んどる今やで」

そう来たか。いつになく真面目な敦の瞳を逃れ、僕は二杯目のコーヒーを口にした。

「いや、俺には金もまともな職もないし、女を幸せにはできん。あの人に限らず、誰のことも幸せにできへんわ」

自信を持って言い切るも、敦の視線は去らない。

「言うとくけど、結子は男から幸せにしてもらおうなんぞ思うとらんで。自分の欲しいもんくらいは自分で手に入れる女や。そやけど、今のあいつは何が欲しいんかわからんのちゃうか。親父の夢やった金のジャガーを手に入れた時点で、あいつのサクセスストーリーは終わっとる。次にどうしたらええかわからんようになって、デタラメやっとったんちゃうんかいな。ま、最近はやたら自己投資に精出したり、ちっとは変わってきとるみたいやけど」

「なるほど」

らしからぬ洞察力をもって僕を感心させた敦は、しかし、最後にやはり意味不明な発言を残した。

「あんたは五年後、結子を惚れさす男になっとるはずやねんけどなあ」

その一語に深い意味はなかったのだろう。怪訝顔のウエイトレスがプリンアラモードを運んでくるなり、敦は僕のことなど忘れたようにスプーンを手に取った。到底、二杯目とは思えない勢いでウエハースを、生クリームを、プリンを口へ押しこんでいく。その底知れぬ甘味欲に圧倒されつつも、僕はまだ結子のことを考え続けていた。

確かに敦が言うとおり、結子は幸も不幸も男の手など借りず自力で賄っていく女に見える。例の一人一回原則にしても、その裏には彼女なりの計算やら本能やらが潜んでいるのかもしれない。しかし一方、彼女が体を賭して「家族のようなもの」を求め続けてきたのも嘘ではないと僕は思う。

大輔にしても、結子にしても、僕自身にしても、この不安定な時代の中で誰もが他人と繋がろうとしている。どうしようもなくいびつな個々のやり方で。

もしかしたら、と僕はソファの上に投げだされた携帯電話を見やった。これもどこかの誰かが考えた新しいやり方のひとつなのかもしれない。

32

金のジャガーを手に入れた時点で結子のサクセスストーリーは終わった。

僕のヒロインについて考察を重ねるほどに、敦の読みは当を得ているように思えてくる。

キタの繁華街でそこそこの稼ぎを得、男からの貢ぎ物にも恵まれていたであろう結子は、生活力という点で伴侶を必要とはしていなかったはずだ。ウエディングドレスや寿退社に憧れるようなタマでもない。一度目の結婚も、二度目のそれも、結子を動かす決め手となったのは金のジャガーだった。僕はそれを富の象徴として捉えていたけれど、彼女は単に金のジャガーそのものを求めていたのかもしれない。だからこそ、実際、それを手に入れて途方に暮れた。当然ながら「金のジャガーそのもの」に人間を幸せにする力はないのである。最期まで射倖心を満たされることのなかった父親の敵討ちを果たした爽快感はあったかもしれないが、それだっていつまでも続くものではない。

二谷との結婚後、だから結子は舵の壊れた船のように迷走する羽目になった。彼女が輝く舞台でもあった職場を失い、身の拠り所を失い、軽佻浮薄に漂流した。そんな彼女に寄ってくるのは金目当てや体目当て、或いは小説目当ての男ばかりだった。

そう考えると、出会った当初の放逸さや投げやりな言動を含め、結子の所業がしっくり来る。人の生涯を完全に掌握するなど不可能にしても、朧気ながら過去の道筋が仄見えてくる。自ら立てた荒波の力をもって強引に突き進むその航路が。

見えないのは未来だ。

33

毎日、何かしら書くべきことが起こる。書いても書いても追いつかない。

ファンタのおっちゃんが危篤状態に陥ったと聞きつけ、僕が松ちゃんのアパートを再訪したのは、敦と会った翌日のことだった。

心臓疾患と末期癌。二つの重篤な病に蝕まれた老人がいつ逝ってもおかしくないことは松ちゃんからも聞いていた。

「昨日から急に悪なって。もうほとんど意識があらへんの」

いつになく神妙な結子と肩を並べ、今にも雪に変わりそうな雨の中を行く途中、釜ヶ崎の路上で老人の死に顔を見た。この季節にはよくあることだが、薄い作業着に古新聞を巻きつけて寝ているあいだに事切れたようだ。

友達らしきおっちゃんが一人、傍らにちょんと腰かけ、死体に傘をかざしてやっていた。傘がなければ死体が濡れてしまう、しかし傘を差している限りは人を呼びにいけない、そんなジレンマに陥っているのかと僕は歩み寄った。

「誰か呼んできましょか」

自分は雨に打たれるがままのおっちゃんは、ええねん、とにっかり笑った。歯がなかった。

「呼ばんでも、じきに神さんが連れてってくらはるわ」

僕はそのおっちゃんに自分の傘を渡し、結子の傘に入って再び歩きだした。

ファンタのおっちゃんも死んでいた。

と思ったら、まだかろうじて息はあった。要するに、生きていても死んでいても傍目には大差のない状態だ。それでも結子は骨の浮きでたその手を握って「よかったあ、生きとって」と笑った。生気を根こそぎ絞りとられたような老体の中、結子が磨いたと思われる両手の爪だけが唯一、最後の命のひとしずくのようにぴかぴか光っていた。

「なあ、来たで。起きてや、おっちゃん」

何度か耳元で呼びかけたあと、結子はファンタのおっちゃんを昏睡の海から引きあげるのを諦めた。それから松ちゃんを振りかえって言った。

「なあ、松ちゃん。ファンタのおっちゃん、懐中時計を持っとらんかった?」

「懐中時計?」

「おっちゃんが集団就職で入った会社で、十年間の皆勤賞にもらった時計や。いつも肌身離さず持ち歩いとってん」

「ああ、これか」

部屋の隅に積みあげられたタンス代わりのダンボール箱。その頂上の一箱から松ちゃんがチェーンのついた懐中時計を引っ張りだした。黒ずんだ銀色のあちこちに錆が浮き、文字盤を守るガラスはひび割れている。

「それ、うちがもろてもかまへん?」

「あかん。その男が遺したもんは、あるたけわしがもらうことになっとる。看取る代わりに、遺品はもらう。男と男の約束や」

「なんで。そんなんもろてどうするの」

「売る」

「売る?」

「路上で売って次の病人の介護に使うんじゃ」

その一言で結子の目から険が消えた。

「そうか。次のおっちゃんのためならしゃあないわ」

「そやない、死んでく人間自身のためや」

恥ずかしながらこのとき、僕は初めて松ちゃんがしてきたことの意味を知った。

「おのれの遺品が誰かのためになる思うたら、人間、なんぼか安心して死んでける。どないな人生送ってきたかて、最後は人の役に立てた思うて、大手振ってあの世へ行けるんや」

結子の瞳から大粒の涙が零れ、マスカラを溶かしてその頬に黒い線を引いた。

「松ちゃん、頼みがあるねんけど」

「なんや」

「ファンタのおっちゃんと二人きりにしてくれへん？」

泣き続ける結子と病人を残し、松ちゃんと僕は部屋を出た。

松ちゃんの爪までがやけにぴかぴかしているのに気付いたのは、近所の一杯飲み屋に入り、モツ煮をつまみに熱燗をちびちびやりだして間もなくだった。肉厚のごつい手の中で、その爪だけが少女さながらの可憐さを誇っている。しげしげ見入る僕の視線を感じた松ちゃんは、さっと両手をグーにし、急にしゃべりだした。

「例のカジノ計画やけど、レイちゃん、そない心配することないで。どうにかなるわ」

何を言いだすのかと耳を疑った。失意のままに桜川邸を辞したあの日、「別の方法を探さなあかん」と思い詰めた目をしていたのは松ちゃんのほうだ。

どうにかなる？

「なるわけないやろ。メディアリリースも近いんやで」

「メディアリリースにこだわる必要はない。正式発表後に潰れた都市計画なんぞ、掃いて捨てるほど例がある。そもそも、今回の発表は四月の府知事選を見越した長田のアピールにすぎんとわしは読んどるし」

「そやけど、メディアリリースと同時に政治家たちは表立って動きだすんちゃうの」

「その前に法整備が必要やろ。いくら根回しを完璧にしたかて、蓋を開けてみなわからんのが政治の世界や。合法カジノには根強い反対派がおるさかい、どないな妨害があるとも限らん」

「そやけど、敦の情報やと、推進委員会は裏で着々と手筈を……」

「なあ、レイちゃん。四月の府知事選で現職の長田が敗れでもしたら、ベガス構想なんぞ簡単に引っくりかえる公算も高いんやで。ここだけの話、この府知事選、お笑い芸人の大物が出馬するちゅう噂も流れとる。こら長田はえらいピンチやないか」

なぜ松ちゃんがこうも言葉を尽くしてベガス構想の脆弱性を力説するのか。

その謎は間もなく氷解した。

「そやからな、レイちゃん。あんたはなんも心配せんで、おのれの心配だけしとったらええわ。あんたは若い。なんぼでもやり直せる。釜のことは忘れて、一からやり直し」

しばらく磨かれていない自分の褪せた爪を見下ろし、僕は波立つ胸を鎮めた。松ちゃんの気持ちは身に沁みた。しかし――。

「なあ、松ちゃん。釜は、俺がいっちゃん弱っとったときに受けいれてくれた町や。あのとき松ちゃんと会わへんかったら、俺、どうなっとったかしらん」

「そやけど、あんたは変わったんやろ。もう六年前のあんたやない。ここいらが潮時や。二十五の今ならまだなんぼでもやり直せるわ」

「俺は普通の二十五やない。釜の外で生きるなら生きるで、それなりの準備が必要や。なんせ俺にはハンデが……」

「乗りこえられる。あんたは乗りこえられる男や。自分でも言うたやないの、弱いとこの代わりに強いとこを伸ばしたって。いざとなったら尻込みするのんか」

厳とした形相で僕を睨む。その瞳の奥に真意が灯っている。

「けど、俺は一からやり直せたとしても、今さらどこへも行けんおっちゃんたちはどうなるねん」

「わしに任しとき。あんたが釜におったところでどうにもならん。逆にあんたが出て行けば、足らん求人を取り合う頭数が一人減る」

松ちゃんは正しい。僕が釜ヶ崎にしがみついたところで誰の利にもならない。頭では理解しながらも素直に頷けないのは、今さら釜の外で生きられるとは思えないおっちゃんたちの未来を案ずるためなのか、自分自身の未来を恐れるせいなのか。判断がつかずに僕は言葉を詰まらせる。

挙げ句、例によって小説のせいにした。

「小説、まだ終わらんのや」

「あんた、まだそんな書いとるんか」

「結末が見えへんねん」

「見えへんって……」

「毎日、ヒロインが目の前におる。書いても書いても、まだおるねん」

我ながらばかげた話だが、松ちゃんはキレずに耳を傾けてくれた。

「最初は望外な金のため、別の世界におる人妻の人生を書くはずやった。それが妙なことになって、雇い主をクビにしたって、今は自分が書きたくて続きを書いとる。成りゆきでその人妻と一緒に住むことになって、こうなるともう、ヒロインなんか同居人なんかわからへん。情けないけど、小説、どないして締めくくったらええのかわからんのや」

店主と僕たちしかいない店内にはひっきりなしに風が吹きすさび、僕の白い息は瞬く間に押し流されて霧消する。天井からは雨水が垂れ、床に点在する茶碗が鉄琴みたいな音を奏でている。

「なに言うとるんか、レイちゃん。あんたの意志で書いとる小説やったら、主人公は結ちゃんやない。あんた自身やろが」

ひときわ大きな一滴が足下の茶碗に落ちて反響した。

「主人公はあんたや。あんたが釜を出て新しい人生へ踏みだす。それが小説の結末やないの」

思いもよらない結末の提示に僕は言葉を失った。胸の奥では雨垂れどころか渦潮のようなうねりが鳴っていた。それを隠して盃の酒を飲み干し、銚子から注ぎたして、また飲んだ。また注ぎたして、また飲んだ。際限のない反復の中で意識が朦朧としてきた僕に、松ちゃんは呂律の怪しくなった口で何度も同じことを言い続けた。ええか、レイちゃん、主人公はあんたやで。あんたが踏みださな小説は終わらへんねんで——。

34

毎日毎日、書くべき何かが起こる。時間は進み続ける。加速度をつけていく。

松ちゃんのアパートを訪ねた夜、僕と結子は神戸へ戻らなかった。ファンタのおっちゃんの往診に訪れた医者から「今夜は越せんやろ」と宣告され、松ちゃんと三人、病人の枕元で身を縮ませて一夜を越えた。

もはや微動だにしなくなっていたファンタのおっちゃんの顎が不意に揺れたのは、午前一時。意識を取り戻したのかと思えば、逝っていた。その死に顔は生きていたときより遥かに安らいで見えた。

夜明けを待って簡単な葬式を済ませ、その後、松ちゃんの友達が働いている火葬場で仏を見送った。

「うちな、子供の頃、ファンタのおっちゃんと結婚の約束してん。ファンタのおっちゃんと結婚したら、大人になっても毎日、ファンタを買うてもらえる。大人になったら体が大きいなるから、毎日二本買うてもらえるかもしれへん。そんなん計算して約束してん」

「仏が灰になると、ほっとする。どんな人間かて灰になったら同じやねん。生きとるあいだがアホみたいに、同じやねん」

「そやけど、ファンタのおっちゃんは純粋に、はよ大人になったうちと結婚して、一発やりたい思うとったのかもしれへんな」

「おっちゃん、死ぬ前にあんたと再会できて嬉しかったと思うで」

「死ぬ前にやらせたげたかったわ」

嚙み合っているのかいないのかわからない二人の会話を聞きながら、煤けた煙突から立ち昇る煙が空へ還るのを見届けた。

こうして松ちゃんが看取った病人の骨は、釜ヶ崎に朽ちた無縁仏を祀る斎場へ納骨される。時には家族の身元が判明することもあるけれど、その家族から遺骨の引き取りを拒まれるケースも少なくないという。

長い歳月を挟んだ再会から四日間、回復の見込みがない病人を見舞い続けた結子は消耗していたのだろう。松ちゃんから高値で買い取った懐中時計を手にマンションへ戻るなり、ベッドへ倒れこんで寝息を立てはじめた。同時に僕も熟睡した。前夜は一睡もしていなかったのだ。

「レイちゃん」

体を揺さぶり起こされたのは、その数時間後だ。

「なあ、レイちゃん」

「どうした？」

「頼みがある」

前回の野性療法同様、当分は眠り続けるものと思っていた結子は意外な早さで覚醒し、今回に限っては動くことを望んだ。

「あんたの愛車に乗せてくれへん？」

「チャリ？」

「外をぐるぐるしたいねん」

反射的に僕は身を起こし、薄いレースのカーテンを垂らした窓へ目をやった。暮れなずむ空を燃やす夕焼けが火葬場の炎と重なった。

「よっしゃ、ぐるぐるしよか」


二人して最大限の厚着をし、零下に近い冬空の下へ出た。約五ヶ月ぶりに自転車の後ろへ乗せた結子は以前よりも心持ち軽くなっていた。東京から戻った当初は逆にふっくらとしていたから、ここ数日で痩せたのだろう。

どこへ行きたいか尋ねると、結子は「どこも行きとない」ときっぱり返し、やむなく僕は闇雲に、適当に、無目的に外をぐるぐるするはめになった。

炎天下に倒れたあの日に匹敵する最悪のドライブだった。寒かったし、暗かったし、ペダルを踏むたびに足の指が疼いた。それでもそうして街をさまようにつれ、こんなことも無駄ではないかと僕は思いはじめた。寒いとか、暗いとか、痛いとか、単純なことだけで頭を一杯にできる。

空一面の橙は徐々に仄めき、幾重にも被さるように薄く延びる紫の光と溶けあって、やがては群青の闇に呑まれた。国道、街道、並木道、商店街、路地、河原道、陸橋。自転車のヘッドライトを頼りに次から次へと移ろう地面を進み、幾つもの町を越えた。雑木林を越え、川を越え、謎の工業地帯を越えた。

ようやく結子の声がしたとき、僕にはもはや自分がどこにいるのか見当もつかなかった。

「うちな、東京で……」

最初の一声は車の音にかきけされた。

「なに？」

「東京でやりなおすつもりやねん」

「はあ？」

「あんたも行かへん？」

正面から吹きつける北風に髪を乱され、一瞬、視界が塞がった。

――俺が東京へ？

「なんで」

「東京でうちと暮らしたらええやん」

息も心も乱れていた僕の耳元で結子が大きく叫ぶ。

「な、東京で一緒に始めへん？」

ヘッドライトが照らす街路の道幅が狭まり、危うく電柱に衝突しかけた。急ぎハンドルを傾けながら僕は言った。

「なに言うとるの。そんなん無理に決まっとるやん」

「なんで。どうせ釜はカジノに乗っとられてまうんやろ」

「だからって、なんで東京に……」

「新幹線ですぐやんか。松ちゃんも言うとったで。あんたは釜を出たほうがええ、あんたならどこでもやってけるって」

「松ちゃんにはわからへん」

「なにが」

「……」

「あんた、ほんまはめっちゃプライドが高いんちゃう」

「プライド？」

「都会でうまいこと生きとる人間から見下されるより、釜のおっちゃんたち哀れんどったほうが楽なだけちゃうの」

「なんやと」

カッときたのがいけなかった。怒りに眩んで注意を怠った。はたと我に返ったときには既に前輪が工事中らしき砂利道に踏みこみ、バランスを崩した車体がぐらついていた。後方からは車の強いヘッドライト。すぐ近くでエンジンが唸りを上げている。

「車、右から来とる！」

結子が叫んだ瞬間、僕には赤テープを確認する余裕もなく、とっさにハンドルを右へ切っていた。

幸いにして大事に至らなかったのは、砂利道のために後続の車が減速していたおかげと言える。そのバンパーに当たって倒れた自転車が、結果的には結子と僕を守る形で覆い被さってきたのも吉と出た。ひとつ間違えればどうなっていたかわからないが、僕は片手に痣《あざ》を、結子は片足にすり傷を作った程度ですんだ。

パンクした自転車を路肩へと移動し、中年男が運転する車が派手なクラクションを鳴らして通りすぎたあとも、しかし、僕の足は壊れたように震え続けていた。

事故が怖かったのではなく、自分が怖かった。冷えと疲れで感覚が鈍っていたのもある。結子とのやりとりで平常心を失っていたのも事実だ。けれど、とっさの瞬間にハンドルを逆の方向へ切ったのは、一ミリたりとも言い逃れのできない僕の過失だった。

恐らくひどく青ざめていたであろう僕の傍らで、結子はブロック塀にもたせかけた自転車のハンドルに視線を据えていた。片側にだけ巻きつけられた目印の赤いテープ。それからおもむろに僕の手を取り、その甲に浮いた痣をさすった。

「よくある間違いや。な?」

この瞬間に観念した。もはや隠しだてはできない、と。

氷柱のようなブロック塀を背に気持ちを整え、僕は打ちあけた。

「冷静に考えれば、わかる。これは右手や。そやけど、とっさにはわからへん」

「なにが」

「右と左。ごっちゃになってまうねん」

「なんで」

「なんでかわからんけど、生まれつき」

結子が「あ」と微かな息を洩らした。

「それがハンデか」

ハンデ。この一語を彼女の前で口にしたことがあっただろうか。

記憶を手繰りかけた僕に結子が言った。

「あんたは不利な条件を抱えて生きとるって、いつか松ちゃんが言うとってん。あんたから話してくれるの、待っとったんやで」

いつもと変わらない声のトーンだった。なんでもないような顔だった。そうか、待っていたのか。気が抜けるのと同時に妙な力みも抜けた。

吐息混じりに空を仰ぐと、気圧されるほど満天の星々がさざめくように瞬いていた。

35

右向け右。左向け左。今でもこの言葉を聞くと反射的に体が縮こまる。学校の集会や運動会で教師たちが口にする号令が、子供時代の僕には最大の恐怖だった。とっさに方向を捉えられずにうろたえて、皆より一テンポ遅れてしまう。しっかりしろと怒鳴られ、ますます頭が真っ白になる。頭頂葉と呼ばれる脳の一部になんらかの問題があることがわかるまで、両親さえも僕を少々鈍い子供だと思っていたようだ。

二十五年のつきあいになるこの疾患について、僕にはいまだに多くを語ることができない。症候は患者によって千差万別、原因も治療法も不明ときているのだから致し方ない。僕の場合は左右不認と識字障害が主な症状だったが、両利きであることも関係していると思われる前者については、成長につれて折り合いをつけていく術を学んだ。まず、何にしても重要なのは目印だ。たとえば、右手首のホクロ。ハンドルに巻いた赤テープ。ちょっとした手がかりを設けるだけでトラブルの多くは回避できる。油断や混乱が失敗を呼ぶことはあっても、日常生活に大きな支障をきたすことはない。

真に厄介なのは識字障害のほうだった。これも頭頂葉に因由する症侯のひとつで、僕の場合は文字の反転という形で現れた。ある種の文字を書くときに、どうしても左右が引っくり返ってしまうのだ。

シンプルな文字ほど悩ましかった。たとえば平仮名の「く」「し」「つ」。カタカナの「コ」「レ」「ノ」。漢字も同様、「人」「入」「小」「火」「水」など、一見左右対称のようでいて小さな罠を秘めているものほど躓いた。この種の障害は訓練次第で改善の余地があるとの説にすがり、母は小学生だった僕に毎日書きとりの練習をさせたものだが、ある日、一向に効果の見えないノートを床に叩きつけて号泣し、以降はむしろ僕の書いたものから目を背けるようになった。

体裁上、息子を普通の子供として育てることにこだわった父は、コネと金の力で僕を私立の中学校へ入学させることに成功した。学校側にも疾患への理解があり、おかげで比較的のんびりとした中学校生活を送ることができた。英語の授業では案の定、アルファベットにも左右の反転が起こることが証明されたものの、父は僕にタイプライターを与えることで神業的にこの危機を乗りきった。

タイプライター。これは僕と言語との関係を劇的に変えた魔法の装置だった。キーの位置さえ指に憶えこませてしまえば、他の生徒と変わらないスピードで——いや、彼らよりも速く文字を綴ることさえできるのだ。この成果に気をよくした父は、僕が中三のとき、当時はまだ五十万円以上した日本語ワープロを買い与えてくれた。今となってはまるで他人の過去のようだが、坊っちゃん育ちという点で、実は大輔を笑えない。

ヴァイオリン。絵画。クラシックバレエ。父は次から次へと僕に習い事をさせた。僕の脳に欠けている何かがある限り、過剰な何かもあるのではないか、芸術方面に意外な才を発揮するのではないかと期待していた節もある。

結局、何も見つからないままエスカレーター式の高校へ進んだ。高校時代はひたすら読書の日々だった。気になる作家の作品を片っ端から乱読し、読んでも読んでも、干上がった大地のようにまた新たな一冊を求めた。自分でも小説を書いてみたい。ワープロさえあれば夢ではないのではないか。そんな欲が生まれたのもこの頃だ。

しかし、優雅な生活は長く続かなかった。僕が高二の春、父が架空の投機話に引っかかり、借金までして作った大金を失った。更にその二ヶ月後、父の勤めていた商社が倒産。借金返済のために持ち家を売却し、僕たち一家は2DKの賃貸アパートへ移り住むことになった。

プライドの高い父の再就職先はなかなか見つからなかった。お嬢さん育ちの母には女が仕事をするという概念がなく、僕は高校を中退してアルバイトを始めた。識字障害が思った以上に自分の足枷となることを知ったのはそれからだ。

デスクワークはまず論外。スーパーや喫茶店のレジではしばしば領収書を求められ、動揺するほどに僕の書く字は反転した。弁当屋では注文のメモを書き取れずに挫折。宅配便の配達でも不在通知への記入を必要とされる。しかし、何よりも耐えがたかったのは、そんな僕に向けられる人々の冷たい視線だった。

ごく簡単な平仮名を書き違える。「へ」や「し」を逆に書いてしまう。そんな僕を見た瞬間、職場の人々はなんとも奇妙な顔をする。僕の識字能力に問題があるとは考えず、知能そのものが低いと受けとめるのだ。それを境に接し方が変わる。急によそよそしくなる人もいれば、悪意を露わにする人もいる。来月からは来なくていいと言われることにも慣れた。

結局、長く続いたのはビラ配りと皿洗いだけだった。ひねもす街角や流し場に立ち続け、稼いだ小銭のほとんどを家に入れた。再就職を断念した父もパート仕事を始めていたものの、賃貸アパートの契約時にサラ金から借りた金が仇となり、生活は一向に楽にならなかった。

母に異変が現れたのは、そんな生活が一年も続いた頃だった。まずは食事の量が減り、外出が減り、口数が減り、体重が減った。増えたのは涙と吐息の量だけだった。僕がいくら専門医への相談を勧めても、心の病に偏見を持っていた彼女は頑として病院へ行こうとしなかった。

ある日、僕がバイトから帰ると、洗面所で手首を赤く染めている母がいた。

「何やっとんの」

僕は慌ててカミソリを取りあげた。幸い、母の手首にあるのはためらい傷ばかりだった。

「なんてことするんや。人間、生きとってなんぼやろ」

必死で訴えたそのとき、僕は母が久しぶりに笑うのを見た。

「あんたが言わんといて」

そう言って母は笑った。少しも楽しくなさそうに。その瞬間に僕は悟った。僕だった。母を追いつめていたのは他ならない僕自身だった。借金でも生活苦でも父の低所得でもなく、わけのわからない障害を抱えたこの僕こそが彼女にとって最大の重荷だったのだ、と。

この一件以来、僕と目を合わせなくなった母を、強引にでも病院へ連れていくようにと僕は父を説きふせた。そして母がようやく通院を始め、心の安定が見られはじめた頃、改まって二人に切りだした。

「家を出ようと思うとる」

伏せた瞳を上げない母の横で、父はほうっと息をついた。

「もう子供やないさかいな」

それが第一声だった。

「おまえには金をかけてきたつもりや」

続いてそう言った。一言目には金の話だった当時の彼にしては抑制を効かせたほうかもしれない。

「返してくれとは言わんけど、余裕ができたら助けてや」

母は最後まで目を合わせないままだった。

僕は最低限の荷物を詰めたバッグひとつでアパートをあとにし、そして、たちまち途方に暮れた。もはや母とはいられない。その一心で家を出たものの、独り立ちの算段など少しもついてはいなかったのだ。財布の中身はわずか四万一千円。一歩外へ踏みだした矢先から路頭に迷っていた。どこへ行くのか。どこへ泊まるのか。四万一千円で人は何日生きられるのか。どうやって仕事を探せばいいのか。高校中退。識字障害。保証人ナシ。見事に悪条件が揃っていた。

藁にもすがる思いで釜ヶ崎を目指したのは、大阪市内の安ホテルで三夜、カプセルホテルで四夜を過ごしたあとだった。所持金は三千円を切り、仕事も見つかっていなかった。いざ面接へ臨んでみると、先に挙げた悪条件よりもまず定住所がないことが問題視される。定住所を得るにはアパートを借りる前金が必須だ。その前金を稼ぐには仕事が要る。この悪循環から抜けだせない。

釜ヶ崎には五百円で泊まれる宿も、即日払いの仕事もある。追いつめられた僕はどこかで聞き齧った話を頼りに、悪名高きその地に望みを託したのだ。

白状すると、怖かった。目に見える境界線があるでもないのに、一歩その地へ踏みこんだとたん、如実に空気の質感が変わる。街を行き交う人々の服装、顔つき、独特の臭気。通りすがる誰もが強面に見え、路上で平然と麻薬を売っているヤクザの姿に腰が砕けた。初めて泊まったドヤの壁に「今はただ死にたい」の落書きを見たときは僕まで死にたくなった。

ところが翌朝、見よう見まねでセンターへ赴くと、そんな僕でもどうにか仕事を得ることができたのだ。

若さと時代が幸いした。当時の釜ヶ崎は大阪万博景気の再来と言われた好景気に沸き、労働者にとって絶好の売り手市場だった。朝の七時にのこのこセンターへ出向いてもまだ仕事が残っていたほどで、賃金も一日一万円は下らなかったと思う。

無論、当地の流儀に慣れるまでには時間もかかった。過酷な肉体労働に、口の悪いおっちゃんたち。僕が生きてきた環境とは何もかもが違った。半面、そこにはそれまでの職場にはなかった解放感もあった。なにしろセンターへ集まる求人の大半は筆記と無縁の力仕事ときているし、たとえ識字障害が露見したところで白い目を向ける人もいなかった。他人と違う何か、生きづらい何かを抱えた人間に対してそこは寛大な土地だった。

ひ弱だった自分を鞭打ち、僕は連日現場へ通いつめた。当初は二畳一間のドヤに甘んじ、食費も極力切りつめた。そして十万円の金が貯まったところで父親に電話をした。「余裕ができたら助けてや」。あの一言が重くのしかかっていたのだ。

しかし、電話口に出た父は何も聞かずに言った。

「堪忍してや。わしらもほんま、余裕があらへんねん」

その夜、僕は初めて安酒場へ入り、意識をなくすまで痛飲した。おかげで懐に入れていた現金をそっくり失った。店主に奪われたのか、隣り合わせた客に奪われたのか、或いは二人ともグルだったのかはわからない。気がつくとゲロまみれになって店の外へ転がっていた。

ドヤに泊まる金さえ残っていなかった。絞られるように胃が痛く、自分の悪臭に涙が滲んだ。今はただ死にたい。ドヤの落書きを口の中で諳《そら》んじた。親を恨み、世間を憎み、自分自身の運命を呪った。

そのとき、頭上から声がした。

「兄ちゃん、一晩うちに泊まってくか」

それが松ちゃんだった。

36

「次の朝、二日酔いでゲエゲエ吐いたあと、松ちゃんに何もかも打ちあけた。そしたら、あっさり言われたわ。あんた、ナイーヴやなって。釜にはろくな教育も受けられへんで、読み書きさえできん人間もおる。親に捨てられたどころか殺されかけた人間かておるねんでって」

後輪がひしゃげた自転車はあの場へ放棄し、どことも知れぬ町を結子とぶらついた。とりあえず歩き続ければどこかの駅へ出るだろうとの目算だったが、歩けども歩けども駅の気配はなく、僕はその間、縷々綿々《るるめんめん》と身の上話をすることになった。

「今から思えば、当時の俺は悲愴感むんむんちゅうか、被害者気取りちゅうか、えらい鬱陶しい若造やってんな。松ちゃんの話を聞いとるうちに、なんやそんな自分が恥ずかしなって……。気がついたら、約束しとってん。釜で自分を鍛えて、ハンデに負けへん強い男になったる、と」

松ちゃんのアパートで青臭い誓いを立てた、まだ二十歳にもなっていなかった自分。結局のところ、当時の僕はまだ親の保護を求めるガキにすぎなかったのだろう。家族というものの絶対性を過信し、だからこそ、自分を突き放した両親をすがりつくように恨んでいた。

今ならわかる。彼らは別段、悪い人たちではなかった。ただ弱いだけだった。

「親も親で、ぎりぎりで生きとったんやろな。元気でおったらええって、今はそれだけや」

僕の話が終わっても、結子からはこれといった反応がない。ちゃんと聞いていたのかと不安になるほどに、一定の歩調で黙々と先を行く。やがて行く手にやや手強い上り坂が現れると、まるで北野の急坂でも思い出したように、おもむろに閉ざしていた口を開いた。

「人生、いろいろやなあ」

「はあ？　なんや、えらい大雑把に言うてくれるな」

「ファンタのおっちゃんも、いろいろやったで」

「え」

「まだ意識があった頃、今までのこと、えらいがんばって話してくれてん。昔、奥さんに刺された傷跡も見せてくれた。ほんまに人生、いろいろや」

「はあ」

思わず呆けた声が出た。いろいろ。こんな一語で人の人生を十把一絡げにされてはかなわない。そんな抵抗を覚える半面、ファンタのおっちゃんの筋張った老体を思い返すと、確かにいろいろあったのだろうと湿った感傷に囚われもする。

「そういえばあんた、小説書くのに一度もメモとか取らへんかったな」

「代わりに憶えとったから」

「もっと早くに言うてくれたら、うちかてホラ話はほどほどにしたったのに」

「言うてくれたらって……」

「言わへんかったら、わからへん。人間、嘘でもなんでも、言わへんよりは言うたほうがええねんで」

「ほんまか」

「うちが保証する。言わへんよりは言うたほうがええし、止まっとるよりは動いとったほうがええ。方向なんぞええ加減でも、動いとったらあとからついてくるわ」

「方向が？」

実際、僕たちは方向もわからないまま進み続けて、気がつくと上り坂は終わっていた。意を決しての僕の告白は、例の回復力と通底していると思われる結子の妙な包容力に吸いこまれ、単なる昔語りとして処理されてしまった感もある。

まるで天地が傾いだように調子の狂った夜だった。闇に巻かれ、人気《ひとけ》もなく、街灯の明かりも頼りなく、凍てつく外気に耳は痺れ、僕の横にはあくまでも異物としてあり続ける女が寄り添い、愛でも恋でもなく、なのに離れがたく、テンポの合わない靴音が鳴り渡り、依然として駅の気配はない。

頭の整理がつかないまま疼く足を運び続ける僕に、その上、結子は衝撃の告白返しを見舞ったのだった。

「うちな、東京で商売を始めるつもりやねん」

「商売？」

「お店を開く」

「なんの」

「ネイルサロン」

風俗か、と思えばそうではなく、女性客の爪を磨いたり彩ったりする店なのだという。

「爪を磨いて金を取るんか」

「髪の毛も、肌も、綺麗にしたってお金をもろとるやん。じきに爪もそうなるわ。まだ日本では見かけへんけど、アメリカじゃえらい人気やねん。自己投資しただけの価値はあるはずや」

「はあ。自己投資って、それやったんか」

「青山にできたネイル教室に通っとってん。ロス帰りの先生からも筋がええちゅうて誉められた。客商売は天職や言われるし、うち、意外と手先が器用やねん」

現実味のない話に戸惑う僕をよそに、結子は熱っぽく語り続ける。

「ネイルサロン、日本でも絶対、流行るはずや。なんかに触るときも、なんかを食べるときも、どんなときかて自分の爪は目の隅にちらちらしとるやろ。その爪が綺麗やったら嬉しいやん。指先十本分だけ毎日がキラキラするやんか」

「そやけど、爪なんか伸びたらそれまでやろ」

「それやから商売になるんや。爪が伸びたらまた店に来てくれるやろ」

そんな商売が成り立つものなのか。僕には爪に金をかける人種など想像できなかったが、やる気になっている結子に水を差すのは控えた。たとえ店が潰れても、この女ならばきっとすぐに回復する。

「ともかく、まずは一度上京して、ゆっくり開店の準備をしようと思うとる」

「なんで東京なんや」

「そら、こっちにおったら仲太郎に会いとなるやんか」

結子の声が一瞬沈み、「それに」と再び浮上した。

「どのみち二谷とは先が見えとるし、ファンタのおっちゃんも死んでもうたし、なんや潮時ちゅう感じがしてん。あるやろ、そういうとき」

潮時。そういえば松ちゃんも僕に言っていた。今が釜ヶ崎を出る潮時だ、と。

符合。これまで別々の塊として進行していた僕の物語と結子の物語が、このとき、初めて頬をすりあわせた。そんな感触がふと掠めた。けれど溶けあい、混じりあうにはどちらもあまりに異色で、個としての輪郭が強すぎる。が、しかし——それを言うならば松ちゃんにしても、二谷にしても、大輔にしても、桜川にしても、ファンタのおっちゃんにしても、誰しも容易に譲りあえない「個の物語」を携えて生きているのではないか。

相も変わらず悶々と考える僕の横で、そのとき、結子が嬉々とした声を上げた。

「あ、タクシー」

随分遠くまで足を延ばしたつもりが、六甲道からさほど離れていなかったことを知って、拍子抜けした。タクシーならばたかだか二十分かそこいらの距離。どうやら僕たちは同じ所をぐるぐるとさまよっていたらしい。

暖房の効いた車内へ一旦落ちついてしまえば、さっきまでの悶々はどこへやら、僕の目にはもはや料金メーターに課金されていく金額しか入らなかった。思えば、物語がどうのという以前に、結子と僕にはまず懐具合の大きな隔たりがある。

料金が千円を超えたところでメーターから目を背けた。何か別のことを考えようと努め、まず浮かんだのは小説だった。大輔のマンションへ戻ったら味噌ラーメンで体を温め、まずは少し寝よう。そして明朝から三十六章に取りかかる。今夜、語ったことと、語られたこと。僕はその作業へ入魂し、自分自身の問題から心の矛先を逸らすだろう。通りすぎて間もない過去を綴ることによって、差し迫った今から身をかわす。あの部屋にいられるぎりぎりまで、そうして未来の行方を先延ばしにし続ける。そんな僕に愛想を尽かし、結子は遠からず一人、東京へと去っていくだろう。ヒロインの旅立ち。個人的所感はさておき、小説的には悪くない結びだ。

　そのヒロインは僕のとなりで深く座席の背にもたれ、窓へと顔を向けていた。やけに大人しいので眠っているのかと思えば、夜空を眺めていたらしい。

「歩いとるときは気付かんかったな、こんなん星が出とるやなんて。六甲山からの夜景も、今日みたいな日は綺麗やろな。あんた、見たことある？」

「なに？」

「六甲山からの夜景や。あれはほんまもんの一千万ドルの夜景やで。北野からの眺めなんか目やない」

「六甲山なんか登ったこともないわ」

「ほんま？　そらあかん」

　突如、結子がむんずと背を起こし、運転席へと身を乗りだした。まさか、と僕が察する間もなく、そして勿論止める間もなく、彼女は運転手へ決然と告げていた。

「六甲山の天覧台まで頼むわ」

こうしてこの夜が延長された。全くもって不如意に、抗いようもなく。

37

視界から料金メーターを締めだしたまま六甲ケーブルの駅前でタクシーを降り、地面に足を着けると同時に後悔した。寒い。山頂の温度が麓よりも低いことを計算に入れていなかった。いや、計算する猶予も与えられず、僕は拉致同然に山の上まで連れてこられたのだ。

とうに最終便の去ったケーブル駅は人影のひとつもなく、凛とした夜気にその輪郭を滲ませていた。百年前に打ち捨てられた廃駅のような静寂は、山頂というよりもむしろ海底を思わせた。

帰りはどうするのか。そんな懸念が心にひやりと忍び入る。駅の周辺には人の気配はおろか人が住む建物の影もなく、こんな夜中にタクシーがひょっこり通りかかるとも思えない。呼べば来るのか。どこから呼ぶのか。この辺りに宿泊施設はあるのか。そもそもなぜ僕たちはケーブル駅になどいるのか。

　最後の疑問だけは程なく解けた。夜陰に視線を泳がせる僕を尻目に、結子は駅の外階段をかつかつと上り、その背中を追った先には屋上に設置された広場があった。規模は小ぶりの公園程度、所々に花壇やベンチが配され、鉄柵の前にはコイン式の双眼鏡も据えつけられている。結子が運転手に告げた「天覧台」とはどうやらここのことらしい。

「こっちや、こっち」

　結子に腕を引かれて鉄柵の前まで歩を進め、闇の底に灯る神戸を一望した。こんな一日の終わりになぜ女と夜景など眺めているのかと思いつつ、見るだけは見た。さすがに壮観だった。が、詳細は忘れた。あのちまちまとした光の点々を誰が細部までつぶさに憶えているだろう。北野からの眺めなど目ではないと結子が言ったのは偽りではなかったが、僕にはむしろあの急坂から見下ろす適度な窓明かりが懐かしかった。

　一千万ドルの夜景と銘打つだけあって、山頂から見渡すそれは雄麗且《か》つ居丈高なイルミネーションの渦だった。自治体の富を彷彿とさせる黄金の輝きだった。まがりなりにも半年前からあの一角へ住みついている僕は、しかし、一度たりともあの光の中には存在したことがない。皆と同じ地平に生まれついたつもりが、いつのまにか闇に埋もれていた。そんな人間が他にもどれだけいることだろう。

な。

――どの街、どの建物ひとつ取ったかて、どこぞの誰かが汗噴いて建てたもんやねんな。

大輔の声を去来させていた僕の腕に、不意に小刻みの震動が伝った。

「どうした？」

僕のとなりで「ええわぁ」「綺麗やわぁ」などと感嘆していた結子が、突如、夢から覚めたようにがくがくと震えだしたのだ。

「寒い」

確かに途方もなく寒い。さっきから風が唸りを上げて通りすぎていくたび、背筋から首へと悪寒が駆けのぼる。刻々と体温が奪い去られていく。

「そら見晴らしのええ場所は風の通りもええわ」

僕はダッフルコートの片側を肩から外し、結子のコートの上から覆うようにくるんだ。

「帰ろう。あんたも今日は疲れとるはずやし、もう気がすんだやろ」

ファンタのおっちゃんの葬儀後、ろくに睡眠も取らないまま冬空の下を自転車で流浪し、事故に遭いかけ、再び徒歩で流浪した。疲れていないわけがない。なのに結子は恨めしげに僕を睨めつけた。

「あかん、あっさりしすぎや。もっとじっくり見てってもらわな」

「もう充分やて。夜景なんかどこも似たようなもんや」

「情緒のない人やなあ」

「この真冬に何が情緒や。見るもん見たらええやろ」

「そうはいかへん。まだあんたから聞くこと聞いとらん。ここで帰ったらせっかくの夜景が泣くわ」

「はあ？」

何をふざけているのかと訝るも、どうやら結子は真剣だった。周期的に襲い来る震えに身を任せながらも、意地のように夜景の一点をじっと見据えている。

「これまでうちのことをあれやこれや聞くばっかりで、自分のことはなんもしゃべらんかったあんたが、初めて自分の話をしたんやで。こんな日をただで終わらすわけにいかへん。言うたら、ここがクライマックスやないの」

「クライマックスって、なんの」

「あんたの小説に決まっとる」

氷の粒子をちりばめたような突風が通りすぎ、一瞬、意識が遠のいた。まさか結子はそのために僕をこんなところまで連れてきたのか。小説のクライマックスを盛りあげるために？

「今のあんたに必要なのはきっかけちゃうの。つまりはムードや。宝石箱を引っくりかえしたようなネオンを前に、あんたは心の底から誓うんや。東京で一からやりなおそう、と」

「なんやの、それ」

安直すぎる展開に本気でむかっ腹が立った。

「そんな安っぽい場面は要らん。第一、東京へは行かん言うたやろ」

「まだ理由を聞いとらん」

「理由も何も、東京であんたと暮らすなんて、そんな、うまくいくわけないやろが」

「なんで」

「なんでって……」

考えるまでもない自明の理だ。端からそう決めつけていた。だからこそ返事に詰まった。

「あんたのほうこそなんでや。一緒に東京へ行こうやなんて……俺に惚れとるわけでもないのに、なんで急にそないなこと言い出してん」

苦しまぎれの反問に、結子は端的に返した。

「チャレンジや」

「チャレンジ？」

「あんた、言うたやん。家族にならんでも、他人のままでも、なんや強いもんがあったら繋がっていけるんやないかって。家族に負けへん何かがあるんやないかって。あんたは忘れとるかもしれへんけど、うちは本気や。そないなもんがこの世にあるなら、本気で試してみたいんや」

いつもはけろりとしているくせに、変なところでムキになる。強さと脆《もろ》さの同居する横顔に僕はまじまじと見入った。

「ちゅうても、なんで俺と？」

「だって、そこにおるやん」

答えになっていない。それでいて僕の存在を全肯定した一言だった。

「なあ、レイちゃん。何事もやってみなわからんで。あんたはいつもなんやかんやと考えすぎやないの。うちのことも、東京のことも、ぐだぐだ言わへんで一度、試すだけ試してみたらええんちゃう」

寒さで思考が混濁していたせいかもしれない。結子の指摘に思い当たる節があったせいかもしれない。夜景の効果でないことだけは確かだが、試すだけ試してみろと言われたこの瞬間、頑なに固定されていた心の回路が不本意ながらもわずかに動いた。音を聞くようにそれを感じた。僕はここへ来て初めて「結子と東京へ行く」という未来について本気で思いをめぐらせたのだった。

結子と東京で暮らす。そんなことが可能なのか。

経済的には当面どうにかなるだろう。今のところ結子は金に不自由してなさそうだし、僕にもそれなりの貯えがある。住む部屋の家賃は折半、先々のことを考えるならば極力安く抑えたい。金の使い方では衝突が絶えないだろうが、安アパートでの生活には結子も異論はないはずだ。身を置く空間が狭ければ狭いほど彼女は安らぐはずなのである。僕個人の最大の懸念は、果たして貯金が底をつく前に職に就けるか否かという点だ。僕が東京で通用するのか。ハンデが支障にならない職場、或いはハンデへの理解ある雇用主と出会うことができるのか。なんの保証もないけれど、無理だと断じる理由もない。先がわからないのは結子との関係も同様だ。絶対無敵であるべき僕の性欲は日常という名の天敵に平伏し、ほぼ毎日のセックスは遠からず一日置きに半減されるだろう。さらに三日に一度、四日に一度と減じていくのも想像に難くない。そんな僕に失望し、或いは彼女も彼女で同じ敵に屈し、結子はいずれ別の男へ走るかもしれない。いや、これまでの軌跡を冷静に辿れば、かなりの高確率でそうなることが目に見えている。即ち、僕は捨て去られる。嗚呼、無情。けれど僕は僕で既にその頃、大都会の片隅にどうにかへばりつき、新たな他人たちとの関係を築いているかもしれない。結子との関係にしても完全に断たれるわけではなく、また別の繫がり方をしていけるかもしれない。例の気まぐれで結子は人を振りまわし続けるのかもしれないが、それでも僕が体調を崩したときなどにはふらりと見舞いに訪れそうな気もする。消化に悪そうなステーキ肉を焼いて「食え」「食え」と病床の僕を閉口させるのだ。そんなふうにして僕たちは、他人同士のまま、その後も繫がっていけるかもしれない——。

ほんの数分——いや、数十秒にすぎなかったかもしれない仮想。その先に開けた風景の意外な明るさに自分でも驚いた。

「なあ、どうやの」

焦れた様子で答えを迫る結子を、驚き覚めやらぬまま僕は見つめ返した。

十秒。二十秒。そして言った。

「今は言えん」

「なんで」

「まずは山を下りな」

神戸の夜景を眼下に再出発を誓うのだけは御免だったのだ。

38

公衆電話を探して山頂をさまよい歩いたその夜、僕たちは幸運にも通りかかった住民の車に拾われ、近場の老舗ホテルまで連れていってもらった。上京云々よりも切迫した問題として、二人ともひどく凍えていた上に飢えていた。まずは湯船で温まり、ルームサービスのカレーとピラフで胃をなだめ、人心地ついたところでぺたんとひしゃげるように結子はベッドへ倒れこんだ。

たちまち寝息を立てはじめたその横顔を僕はまじまじと眺めた。見れば見るほど信用ならない顔だった。これだけ間近で触れられていても尚、自分のものになり得るとは思えない体だった。けれど今、この女が忽然と姿を消したら、或いは僕は想像もつかない喪失感に打ちのめされるのかもしれない。そんなことをふと思い、夜の静寂に溶け入るように僕も瞼を下ろした。

目を開くと朝だった。部屋の窓からは白く霞んだ神戸市街が一望できた。イルミネーションの灯は消え、前夜と同じ眺望でありながらも、これ見よがしな光には包まれていない。

そこにあるのはただの街だった。ただの朝だった。真っ白な地図のような街の朝だった。

東京へ行こうか。と、そのとき思った。

39

結局のところ、僕は一人で再出発をする自信がなかっただけかもしれない。あれからまた幾つかの朝を経た今は思う。一人よりは二人がいい、そんな単純な話なのかもしれない。気が変わらないうちに一度下見に行こうと急かす結子の中にも同種の怖じ気が感じられ、一見思いきりのいい僕たちの決断の底には、要するに、互いの弱さがある。そのざらついた沈殿物に目を凝らすほどに、最初は他人事のようにも冗談のようにも思えていた結子との上京はリアリティを濃くしていった。

本当にそんなことが可能なのかどうかは神のみぞ知るだが、まずは結子の言うように、一度、東京へ下見に行こうと考えている。新しい住居について結子は「三畳一間でもかまへん」と肝の据わったことを言ってくれたが、東京まで新幹線を使うか在来線を乗り継ぐかでは真っ向から意見が対立し、ここでは僕が折れた。

大阪を去る。この決断を僕が伝えたい相手は三人だけだった。

真っ先に報告した松ちゃんは、言うまでもなく僕の門出を手放しで祝福し、涙を流して喜んでくれた。

「そうか、東京へ行くか。よう決めたなあ、レイちゃん。まさか結ちゃんも一緒やなんて思わんかったけど」

「ほんまにな」

「結ちゃんはひらひら生きとるようでおって、あれでなかなかしたたかな娘や。東京でもうまいことやっていくんちゃうか。レイちゃんもしっかり食らいついてきや。小説、できたら読ませてな」

「作中人物に読ませられるかい」

ファンタのおっちゃんを送ったばかりの部屋には既に次なる病人の影があり、薬品臭とアンモニア臭以外の珍しい刺激が鼻を掠めると思えば、吐瀉物の臭いだった。釜ヶ崎がカジノに席巻されたのちも、松ちゃんは全国へ散りゆく野宿者を追いかけ、この命の絞り汁みたいな臭いの中で生きていくのだろう。

「今度こそ約束してや、レイちゃん。二度とここへは戻って来んて」

「わかった」

「男の約束やで」

けれど僕は駅へと戻る道すがら、疲弊しきった姿で路傍にへたりこんでいる土色のおっちゃんたちを横目に、早くも裏切りの算段を練っていた。

大阪を挙げてのベガス構想。この一大計画を前に為す術もなく、奥歯が痺れるほどの無力感を嚙みしめながら、僕はこの町をあとにする。尻尾《しっぽ》を巻いて去っていく。しかし、もしも僕が新天地でどうにか生きながらえることに成功したら、幾ばくかの力を得ることができたなら、そのときは松ちゃんみたいにそれを他の誰かのために使おう。まばゆいネオンの住人にはなれずとも、影の中で光ろう。

僕が上京の旨を伝えた二人目は、敦だ。彼は既に結子から大方を聞いていたようだったが、過去の諸々も含めて僕の口からも直接話しておきたかった。

「あのな、長々話してもろてアレなんやけど」

ひとしきり語り終えた僕に、しかし、敦は意外な事実を告げた。

「あんた、わしの仕事をなんやと思うとるねん。結子と同居させる男の身の上くらい、きっちり調べあげとるわ」

あっけらかんと言われて、虚脱した。

「あんた、俺のハンデを知っとったんか」

「結子には言わんかったけどな」

「知っとって、結子と一緒にさせるようなこと言うたんか」

「あんたは結子と合うとる。それだけでええやんか」

相も変わらず怪しげな事務所のソファにふんぞりかえった敦は、僕が手土産に持参したどら焼きの三つ目を片手に断言した。

「あんたと結子は絶対うまくいく。言うたやろ、あんたは五年後、結子を惚れさす男になっとるって」

「その自信がどこから来るんかわからん」

「見た目や」

「へ」

「言わんかったけどあんたのルックス、ごっつ結子の好みやねん。なんちゅうたって、その生え際！」

「生え際？」

「気の毒やけど、あんた、その調子でいくと三十代でだいぶ寂しゅうなるで。けど安心せい、結子は薄い頭にめっちゃ弱いねん」

「三十代で……」

衝撃の告知にわななきながらも、僕はとっさに結子の結婚相手たちを思い起こした。二谷啓太と歌丸。なんということだろう。彼らの共通項は「年の離れた金持ち」だけではなく、その頭部の輝きにこそあったではないか。

「なんやかんや言うたかて、結子は筋金入りのファザコンや。あいつのおとん、それはそれは見事なツルッパゲだったらしいで。あんたも負けてられへんなあ」

「……」

ふらふらと事務所を辞去する間際、敦は「ベガス構想の動きはこれからも探ったるし、何かあったら知らせたる」などとまともなことも口にしていたが、もはや僕は心ここにあらずだった。直視しがたい未来像への加筆に打ちのめされ、敦に確認すべきことすら忘れて帰ったほどだ。

やむなくその夜、結子へ尋ねた。

「なあ、敦はガキの頃、ライフル銃なんか持っとらんかったやろ。あんたを桜川から救うのに使ったのは、バットやないんか」

些細なことだが、小説完成に必要なピースではある。

「アッちゃんはバットで人を殴ったりできひんて」

結子はからからと笑いながら言った。

「あのとき持っとったのは蝿叩きや」

上京の件を伝えたかった三人目の相手には、結局、伝えることができなかった。連絡しようにもその居所すらつかめなかったためだ。

別人のように変わり果てた大輔から出家の意志を告げられたあの日以来、僕はどうにかしてもう一度彼と話ができないものかと考え、密かに接触を試みてきた。彼が帰依した教団の所在を調べ、複数の施設へ電話をした。相手の対応はいずれも判で押したような紋切型だった。「藤谷大輔などという男はいない」「いたとしても教えられない」。親が危篤だの急死したのと一計を案ずるも対応は変わらなかった。

このぶんだと僕はこのまま、大輔を見失ったまま東京へ発つことになるだろう。

それが心残りでならないのは、僕がいなければ大輔は教団に染まることもなかったという罪の意識を燻《くすぶ》らせているせいだけではない。これまで僕が彼から受けた恩の大きさが今になって胸に迫ってきたのだ。

住所のない僕に仮の宿りを与えてくれた。食べきれないほどの味噌ラーメンを買い置いてくれた。そして、僕にこの小説を書くきっかけを与えてくれた。

ここ数日間、この原稿を読み返しては加筆修正し、否応なしに気付かされたことがある。終始一貫して僕はこの小説の書き手であった一方、作中人物の一人でもあった。最初の段階ではヒロインありきで成立していたストーリーは、二谷の魂胆が明かされたのを分かれ目に主軸をぐらつかせ、急速に僕を中心として回転しはじめた。あんたが主人公や、と松ちゃんに言われて以降は僕自身もその気になっていた節があり、おかげで作中の僕を見る僕の目が変わった。

惨めな男だと思っていたのだ。厄介なハンデを背負って、親に見放され、金もなく、家もなく、なんの寄る辺も持ち合わせていない。未来など知れたものだと自分で自分を見限っていた。蔑《ないがし》ろにしていた。

けれど作中の僕は違った。僕にはれっきとした役割があった。人に頼られ、応えようと奔走した。なにしろ僕自身が動かなければこの小説は十二章から先、一行も前へは進めなかったのだから。

小説の完結を前にした今は思う。僕はこの原稿と向きあうことで、初めて自分の人生になにがしかの意味を見出すことができたのかもしれない、と。

それを大輔に伝えたかったのだが、残念ながら力が及ばなかった。

だからここへ書き残す。そしてこの原稿を、僕は大輔が信を置いていた木之下教授宛に送るつもりでいる。陰なる恩人の一人である彼がこれを読み、いつの日か大輔に届けてくれるのではないかという一縷の望みを託して。

40

――と、本来ならばここでこの小説は結ばれるはずだった。

しかし、現実は小説よりもタフだった。

41

その日の結子は朝からやけにめかしこんでいた。と言っても、彼女のスーツケースには当面必要な衣類が一通り収まっている程度で、かしこまった場へ着ていく服はない。見覚えのある白いタートルネックに、見飽きつつあるタイトな赤いミニスカート。いつもの出で立ちがいつもよりもよそゆきに見えたのは、時間をかけた化粧の賜物かもしれないし、彼女の内側から放たれていた微量な緊張感のせいかもしれない。

いずれにしても結子が外出を考えているのは一目瞭然で、それは僕にとって少々まずい事態だった。

「悪いけど、今日も東京へは行けそうにないわ」

本来だったらその前日に僕たちは上京し、東京暮らしの下準備をする予定だった。が、直前になって僕が体調不良を理由に延期を望んでいたのだ。

「まだ頭痛が引かんし、体も熱っぽい」

「東京？」

寝癖頭のままリビングの戸にもたれる僕を、結子はぽかんと振りむいた。

「考えてへんよ、今日、東京へ行くなんて」

「そやけど、出かける準備をしとるんやないんか」

「ただのデートや」

「デート。誰と？」

「あんたに決まっとるやん」

「はあ」

「調子崩しとるのに悪いけど、今日はじっとしてられへん気分やねん。こんなええ天気の日に、家に籠もっておられへん。東京ほど遠くやないから、つきあってや」

「ええけど、どこへ？」

返ってきたのは謎かけめいた笑みだった。

「ゆきみのおるところ」

確かに、やたらと天気だけはいい真冬日だった。空一面に張りめぐらされた見渡す限りの青と、一糸まとわぬ女体のように露わな太陽の輪郭。気温自体は一月のそれでありながら、園内にひしめく人々は皆、一足飛びに迎えた春を称えるように浮きたって見えた。

いや、実際問題、この日の天王寺動物園は浮きたっていたのだ。釜ヶ崎にいた六年間、僕は気晴らしがてらに何度かここを訪ねたものだが、こんなにも多くの人で賑わっている様は見たことがなかった。

僕が知るこの動物園はもっとさびれていた。がらんとした寂しい場所だった。いつ来ても入園者の数は少なく、すれちがう人々は皆、動物目当てというよりも一時凌ぎの場を求めてさまよっているように見えた。地面の土には子供が落としたソフトクリームと共にじめついた哀愁がこびりついていた。無目的にそこにいる。その点では人間も動物も同等だった。柵越しに「見る側」も「見られる側」も空虚な風情を漂わせ、時としてそこにはある種の一体感が通いあった。種の壁を超えた共鳴。その情感こそが僕にとっての天王寺動物園であったのだ。

どちらか一方の絶対数が多すぎるとそうはいかない。多勢を決めこんだ人間たちは高圧的に動物を囲んで眺めまわし、写真を撮り、大声で個体の名を呼びつけ、子供は甲走った声を響かせ、或いは怖がって泣き喚き、動物などいなくても成立するのではないかと思えるほどの騒動をくりひろげている。

「なんやの、この人混み。信じられへん。いつからここ、こんな人気スポットになってん？」

結子も同じ違和感を抱いたらしく、入園と同時に悲鳴に近いぼやき声を上げた。

「こんなに人間がおったら動物が見られへん」

「ま、人間も動物ちゅうたら動物やねんけどな」

「誰が人間見て喜ぶねん。そもそも、こんな時間になんでええ大人たちがこんなにおるの」

問われた拍子にはたと気がついた。

「日曜日や。だから人が多い」

「はあ、それでか。休日なんか来たことないからびっくりやわ」

「俺も休日は初めてやな」

ひとまず納得した僕たちの足が向かった先は南園のホッキョクグマだった。十一月に一歳の誕生日を迎えた子グマのゆきみが結子の目当てだったのだ。が、誰しも考えることは同じらしく、氷山を摸したホッキョクグマのブースへ到着してみると、既にそこには鈴なりの人だかりがあった。幾重にも連なる人々の背中に遮断され、クマの母子などはどこにいるのかもわからない。

「こらあかん。順番待つより北極行ったほうが早いわ」

諦め顔で人垣を見やる結子の周囲では、そう簡単に諦めのつかない子供たちが子グマを見たいとぐずり、親たちを手こずらせている。

「見えへんもんはしゃあないやろ」

「行儀良く待っとったら、あとでたこ焼き買うたる」

「ゆきみのぬいぐるみで我慢せん？」

「いつまでぐずぐず言うとるねん！」

「おとんに肩車してもろたら？」

東西南北、どの角度からも親子の会話が聞こえ、振りむいた目に十人十色の家族模様が映る。七五三さながらに洒落こんでいる家族。全員が首から水筒を提げている家族。父親と母親までが瓜二つのそっくり家族。怒っていたり笑っていたりとその表情もまちまちだが、共通するのはどの親も子供とはぐれないようにしかと手を繋いでいることだ。

「思い出した」

僕同様、そんな家族たちを食い入るように見ていた結子が言った。

「日曜日はここへ来いへんかったわけ」

僕も思い出していた。

はちきれそうな喧噪の中で僕たちはしんとした。どんなに空が青かろうが、どんなに太陽が照っていようが、容易には溶けることのない昼の黙《しじま》だった。

はずが、結子の一声で一転した。

「なあ」

どこか屈折した笑みを唇に張りつけ、結子が唐突に言ったのだ。

「おかんは元気やった？」

「おかん……ああ、ユキコ？　さあ、見えへんかったけど、元気ちゃうの。多少は育児に疲れとるかもしらんけど」

「クマやなくて、うちのおかんや」

「え」

「桜川んとこの庭で見たんやろ」

とっさに息を吸いこみ、そのまま吐けずに固まった。心持ち顔を赤らめた結子が気まずげに地面の土を見る。滴るような日だまりの上を数多の影が横切っていく。

なぜそのことを知っているのか？

問うまでもなく、答えは僕の中にあった。

「やっぱり」

僕は言った。

「俺の小説、読んどったんか」

「最初は、ほんの出来心やってん。一緒に住んどって、いっつもワープロがそこにあったら、そら誰やって気になるやん。どないなこと書いとるんか、うちはどないに書かれとるんか、ちらっと見てみとなってしもて。小説なんぞ本気で読む気はなかったんや。そやけど、一旦ワープロいじったら、もうあかんかった。止められへんかった。朝、あんたが起きてくる前に読むのが日課みたいになって、読まへんかったら歯を磨くの忘れとるみたいに、どうにも落ちつかへんねん」

最も人気の低そうな鳥の楽園エリアに人影のない一角を見つけ、並んでベンチに腰かけた。華やかな原色の鳥が舞う巨大ゲージを遠目に、結子はしゃあしゃあと打ちあけた。

「だって、自分がヒロインの小説なんぞ、そうそう読めへんで。それにあんたの小説、おもろかったし、なんやためになったしな」

「ため？」

「読めばあんたの頭の中もわかったし、自分のことも少しはわかった。小説の中におるうちはうちやないみたいで、なんやもう一人のうちみたいやったし、もう一人のうちのことみたいに読んどると、やることなすこと感心できへんちゅうか、このままやったらどんづまりちゅうか……なんやいろいろ思うところがあったわ。読んでよかった思うとる」

「盗み読みしといて、よう言うわ」

「そら、あんたに隠しとったのは悪かったけど」

さほど悪いと思ってなさそうな結子に、「ま、ええわ」とため息混じりに僕は返した。

「俺もうすうすわかっとったし」

「やっぱり？」

「そら誰だって疑うわ」

実際、結子は無防備だった。松ちゃんと桜川邸へ乗りこむ計画。僕のハンデ。僕が話した記憶のないことを彼女はいつも先回りして知っていた。その不可解な透視能力も、そして六甲山における過剰演出も、「この小説を読まれている」と考えれば全て説明がつくのである。

読まれていることをうすうす察していながら、しかし、僕もまた無防備を貫いた。いつでも結子の手が届くリビングにワープロを放置したままでいた。たった一人でも読者がいることに、或いは淡い快感を覚えていたのかもしれない。

「あんたがおもしろがってくれたなら、それでええわ。ヒロインに小説、酷評されたら落ちこむやろしな」

照れ隠しに冗談めかして笑い、僕は先の質問へ立ち返った。

「あんたのおかん、元気そうやったで」

結子がゆっくりと瞳を瞬く。

「ほんま?」

「うん。意外と若く見えた。色っぽい人やな」

「アホっぽかったやろ? 高枝切り鋏、七つも無駄に買うて。変わっとらんわ」

「そやけど、なんや憎めん人にも見えた。家では愛人が集まっとるのに、けろけろっとしとって、楽しげで。桜川とも案外うまくやっとるんちゃうの」

刹那の沈黙を跨いで、ふうん、と結子は空を仰いだ。

「ま、それはそれでええか」

必要なだけの時間が流れた。その経過を思わせる声の色だった。

「そやけど、ひとつ訂正がある。あんたが書いとったうちの回復力ちゅうのは、別段、あの女から受け継いだもんやあらへんで。うちが自力で獲得したもんや。誰かて十五で夜の世界に入ったら強なるわ」

「はあ。そら悪かったな」

「それから、あんたは疑っとるみたいやけど、うちはネイルサロン、ほんまに流行らす自信があるねん。絶対、一発当てたるわ。その気概があっての出店やねんから、あんな書き方せんといてや。それから……」

調子に乗ってダメ出しを重ねるものと思いきや、結子はふっと醒めた目をして声のトーンを変えた。

「もうええわ、修正はこのへんにしとこ。それより、うちがほんまに頼みたいのは、あの小説の続きやねん」

「続き？」

「四十章。あの小説にはまだ続きがあるんやないの」

鋭く見据えられ、今度は僕が天を仰いだ。相変わらず雲ひとつない蒼穹《そうきゅう》の、くらくらするほどの清《さや》かさに目が霞んだ。

「あんたはうちに読まれとないから、あそこで小説を終わらせた。そうやないの? ほんまは書き足さなあかんことがある。東京行きを延期にしたのもそのせいやないの」

反転。一瞬にして僕は問う立場から問われる立場に代わっていた。

「敦になんぞ聞いたんか」

「昨日、カズが知らせに来てくれてん。あんたが仮病で寝込んどるときや」

「何を聞いた?」

「松ちゃんのこと」

「あのアホ、なんであんたにそないなこと……」

「そら松ちゃんも心配やけど、アッちゃん、あんたのこともえらい心配しとるみたいやで。様子が普通やなかったって。なあ、うちに何を隠しとるんか教えてくれへん?」

ひときわ甲高い絶叫のような鳥の鳴き声が響き渡り、巨大ゲージの中で赤や青の鳥が一斉に群舞した。今にも羽根が風に流されてきそうだが、結子は身じろぎもせずに僕と対峙し続ける。

僕がその描写に腐心し続けたヒロインはいつしか活字の枠を飛びだし、自らの主張をもってこの小説を先導しはじめ、ついには書き手の僕をこうして追いつめている。

ヒロインは変容する。そして、女はあなどれない。

「続きを書くより、話したほうが早いやろ」

呟き、僕はベンチから腰を浮かした。

「そやけど、その前にオムライスでも食いにいかんか」

42

腹が減っていたのは事実だし、頭を整理する時間も必要だった。しかし、なぜオムライスなどと口走ったのかは我ながら謎だった。園内を埋めつくす家族たちの残像が、ややもすればオムライス的な連想を招いたのかもしれない。そういえば、結子のでたらめな昔語りの中にもオムライスが登場していた。

そのせいだろうか。結子は妙なひたむきさでオムライスのある店を探しまわり、ジャンジャン横丁の外れにある曇りガラスみたいなショーケースの中にようやくその色褪せたサンプルを発見した。

店全体が油で粘ついたような定食屋だった。案内されたテーブル席を覆うビニールクロスにはタバコの焼け焦げがあった。暖簾《のれん》を隔てた厨房からはラジオかテレビの競馬中継がうっすら流れていた。

「一昨日、敦から電話をもろた。松ちゃんの件や。あれが小説の続きちゅうたら、続きの始まりかもしらん」

オムライス二つ。注文を復唱した女の店員が厨房へ消えるのを待って、僕は口火を切った。

「あの日、俺、急に午後から外出したやろ。敦の電話を切ってすぐ、じっとしてられんで松ちゃんのアパートへ行ったんや。そやけど松ちゃんはおらんかった。代わりに知らん人間がおった」

「知らん人間？」

「しばらく病人を看てくれちゅうて、松ちゃんに頼まれた言うとった。松ちゃん本人は釜ヶ崎中、どこ探しても見つからん。最後の望みは、当日や」

「当日？」

「明後日、俺も例の集合場所へ行ってみるつもりでおる」

「なに考えとるの」

結子の瞳が燃えた。怒りの閃光だ。

「あんた。自分が言うとる意味わかっとる？」

「わかっとるけど、放っておけん」

「あんたが行ってどうするの」

「松ちゃんを止める」

「止める？」

僕は頷き、次の一言を絞りだした。

「松ちゃんを犯罪者にしとないんや」

――釜の松山が元いた暴力団の組合員と共謀で物騒な計画を練っている。敦から二日前、不意打ちのようにもたらされたのはその情報だった。ベガス構想が実現し、大阪にカジノ街が誕生した暁には、暴力団の資金源である裏カジノの客を根こそぎ持っていかれる。それを阻止したい組合員と、釜ヶ崎の現状を守りたい松ちゃんの利害が一致し、ベガス構想を潰すための暴挙に打って出ようとしている。そんな信じがたい噂が裏の世界を飛び交っているのだという。

暴挙の内容を聞いて慄然とした。

ベガス構想のメディアリリースを翌日に控えた十七日の朝、松ちゃんは組合員数人と共に長田府知事を大阪市内の某所で待ちぶせし、一時的に身柄を拘束する。そしてベガス構想に関する極秘の「相談事」を持ちかける。要するに、カジノ誘致を撤回せよとの脅しをかけるのだろう。当然、府知事の口を封じるための策は用意しているのだろうが、失敗して警察に通報されれば逮捕は免れない。

「そやから、松ちゃんを止めたい。そら昔は極道やったかもしらんけど、釜ではその反対のことをこつこつやってきたんや。その松ちゃんに、ここでまた犯罪に手を染めてほしない」

「気持ちはわかるし、うちかて同じやけど、松ちゃんは人生賭ける気でおるねんで。そんな男を誰が止められる？　第一、ヤクザも一緒なんやろ」

「簡単やないのは承知や。けど、やってみなわからん」

捨て身の賭けとしか考えられない府知事脅迫計画。その詳細は不明ながらも、明後日の早朝、松ちゃんと組合員が落ち合う暴力団事務所の場所は敦から聞いていた。

「行くだけ行って、とにかく松ちゃんと会いたい。話したい。今はそれだけや」

「ヤクザの事務所やで。どんな目に遭うかわからへんねんで」

「わからへんけど、行かんかったら後悔する」

「なんで？　なんであんたがそこまでせなあかんの」

「だって俺が言うたんで、松ちゃんに、ベガス構想のこと」

俺が、の一語が力んで掠れた。

「俺が知らせんかったら、こんなことにはならんかった」

刺すように僕を睨んでいた結子の視線が揺らめいた。

「あんたのせいやない」

「けど責任の一端はある。説得できるかわからへんけど、やるだけやらせてくれんか。このまま……松ちゃんのことをこのままにして、俺は東京へ行かれへん。大輔のときの二の舞いを演じるわけにはいかんのや」

「大輔？」

「あのときはなんもできんかった。大輔に根負けして、諦めて、わけのわからん教団からあいつを取り戻せんかった。その後悔を、俺は一生、抱えて生きることになる。もうそれだけで充分や。松ちゃんのぶんまで背負えへん」

それは誇張のない本心だった。あの日、出家を告げに来た大輔を為す術なく見送ったことへの疚《やま》しさは、日を追うほどに僕の中で膨れあがっていた。たとえこの声が大輔に届かなくても、僕は彼の声に耳を傾けるべきだった。入信の大元にある彼の絶望に寄り添うべきだった。

「暴力団の事務所へ行って、ひどい目に遭うたとしても、命までは取られんやろ。俺自身までは取られへん。そやから、頼む。上京の前に一日だけ、俺を信じて、好きにさせてや」

結子の瞳は今や鎮火後の静けさを湛えていた。さっきよりも仄かで、しかし、触れればさっきよりも熱い。そんな瞳の色だった。

「危険なことはせんって約束できる？　松ちゃんがどうしても引かんかったときは、あんたが引くしかないねんで。無茶はせんって約束できる？」

「できる」

「ヤクザ相手にアホな意地は張らん？」

「俺かて自分の身が一番大事や。絶対、無事に帰ってくる」

「ぴんぴんして帰ってくるねんな」

「びんびんや」

「そか」

幾多の修羅場をかいくぐってきた女が、新たな一難を前にして粛然《しゅくぜん》と腹を据える。しおれた花が甦るようなその表情の変化を、僕はある種の感動をもって見届けた。

「わかった。あんたを信じるわ」

覚悟を固めた女の顔が言った。

「オキシドールとメンソレータム用意して待っとる」

「信じてないやん」

張りつめていた空気が弛緩し、僕たちは同時に噴きだした。笑うしかなかった。その居直った笑い声は、他者の耳には平和なカップルのさざめきとして届いていたかもしれない。店内には僕たちの他に競馬新聞を広げた老人が一人、そして別の席に労働者風の男が一人いた。僕の正面に見える老人はしきりに眉を寄せ、息を詰めるようにして厨房前の暖簾を見据えている。その理由にはたと思い至った僕が口を塞いだ直後、おまちどうさん、と両手に皿を掲げた店員がその暖簾から現れた。

どん、と威勢よくテーブルに載せられたのは、ごくオーソドックスな楕円形のオムライスだった。チキンライスを包んだ薄焼き卵の上でトマトケチャップが不細工な波を描いている。卵の表面には若干の焦げ目があり、逆にそれが手作りらしい愛嬌を添えていた。

先にスプーンを手にしたのは結子だ。

「食べよ。真面目な話したらお腹すいたわ」

早くも回復を決めこんだ彼女は屈託のない笑顔で薄焼き卵をつつき、その下から現れた色濃いチキンライスを口へ運んでいく。あまりよく嚙まずに喉を通し、おいしい、と僕に目配せをして、再びスプーンを差しのべる。

「オムライス、好きなんか」

尋ねると、心外そうに声を尖らせた。

「あんたがオムライスって言うたんやんか」

「そうやけど。あんたもえらい一生懸命に店、探しとったから」

「小学生のとき、クラスでオムライスブームが起こってん」

「オムライスブーム？」

「火付け役はクラスの担任やった」

気になるネタを振りながらも、結子は続きを語るでもなくそのまま食事に集中し、遅れて僕もスプーンに手を伸ばした。僕の好みとしては中の下くらいの味だった。濃い目の味付けは悪くないにしても、火の通りすぎた卵とべたついたケチャップライスは調和に乏しく、後味にもいまひとつ奥行きがない。

それでも僕たちは黙々とスプーンを運び続けた。会話の中断によって狭い店内は音を失い、厨房から洩れる競馬中継が存在感を増した。どうやらレースはクライマックスを迎えつつあるようだ。興奮気味のアナウンサーが上ずった声で馬たちの攻防を伝え、やがてゴールの瞬間を告げた。外国の貴族みたいな勝ち馬の名前をくりかえす。とたん、正面の老人が悲痛な呻きと共にゆらりと席を立った。

「クラスの担任がある日、なんかの拍子に言うてん」

肩を落としきった老人が店をあとにするのを見送ってから、結子はオムライスを皿に半分ほど残したまま話を再開した。

「私の幸せは、休みの日に家族でオムライスを食べることです。それ以上の幸せを私は知りませんって、クラス全員の前で言うてん。東京出身で、美人で、若くて、なんや特別みたいな先生がそないなこと言うもんやから、みんなびっくりして、真似せなあかん思うたんやろな。一気にブームに火がついた。そら小学生はオムライスなんぞ作れへんから、みんなは勿論、おかんに頼む。そやけど、うちには無理やった。おかんは学校がない日もパーラー桜へ行っとったし、そもそもオムライスなんか作る女やないし。そのとき、子供心に思うたわ。なんも高望みしとるわけやないのに、幸せになるちゅうのは難しいもんやなって。たぶんうちは一生、みんなが当たり前みたいに持っとる幸せを手に入れられへんのんやろなって」

トマトケチャップをつけた唇の端が歪む。人生を見切った子供の切ない面影は、しかし次の瞬間、濃厚な人生をかいくぐってきた女の勇ましさに変わった。

「そやけど今は思うねん。オムライスはただのオムライスや。ただのごはんや。ばくばく食べたったらええねん。幸せは、絶対、もっといろいろや。休日のオムライスとか、日曜日の動物園とか、そないな幻想に負けたらあかん。うちは絶対、負けへんわ」

絶対、負けへん。そう宣言して再び残りのオムライスへ挑む彼女の姿を、僕はほれぼれと凝視した。

幸せ、なんて大それたものを、それまで僕は望んだこともなかった。生きるだけで必死の人間には無用の長物と決めこんでいた。けれど結子の反骨精神みなぎる食いっぷりを前に、一瞬にしてそんな諦観は粉砕せしめられた。

なぜならばこのとき、僕のヒロインがたいしてうまくもないオムライスをうまそうに平らげていくのを眺めて、僕はこの上なく幸せだったのだ。

「そや、負けたらあかん。ばくばく食うたれ」

結子を鼓舞する声がなぜだか震えた。怪訝に思いながらも僕は片方の手を延ばし、彼女の唇についたケチャップをぬぐおうとした。が、それよりも一拍早く、結子のほうから差しのべられた手が僕に届いた。

薔薇色のマニキュアに彩られた指が僕の目尻をすっと撫で、通りすぎたその腹に小さなしずくを宿す。そこで初めて僕は自分が泣いていることに気がついた。

単行本　二〇一一年五月　筑摩書房刊

本書の無断複写は著作権法上での例外を除き禁じられています。
また、私的使用以外のいかなる電子的複製行為も一切認められておりません。

文春文庫

この女《おんな》

定価はカバーに
表示してあります

2014年6月10日　第1刷

著者　森《もり》絵《え》都《と》
発行者　羽鳥好之
発行所　株式会社 文藝春秋

東京都千代田区紀尾井町3-23　〒102-8008
TEL 03・3265・1211
文藝春秋ホームページ　http://www.bunshun.co.jp

落丁、乱丁本は、お手数ですが小社製作部宛お送り下さい。送料小社負担でお取替致します。

印刷・凸版印刷　製本・加藤製本

Printed in Japan
ISBN978-4-16-790114-1

（　）内は解説者。品切の節はご容赦下さい。

村上　龍
69 sixty nine
楽しんで生きないのは、罪だ。安田講堂事件が起き、ビートルズ、ストーンズが流れる一九六九年。基地の町・佐世保で高校をバリケード封鎖した、十七歳の僕らの物語。永遠の名作。
む-11-4

森　絵都
カラフル
生前の罪により僕の魂は輪廻サイクルから外されたが、天使業界の抽選に当たり再挑戦のチャンスを得る。それは自殺を図った少年の体へのホームステイから始まって……。（阿川佐和子）
も-20-1

山田詠美
風味絶佳
七十歳の今も真っ赤なカマロを走らせるグランマは、孫のままならない恋の行方を見つめる。甘く、ほろ苦い恋と人生の妙味が詰まった極上の小説六粒。谷崎潤一郎賞受賞作。（高橋源一郎）
や-23-6

湯本香樹実《かずみ》
西日の町
十歳の僕が母と身を寄せ合うアパートへ、ふらりと「てこじい」が現われた。無頼の限りを尽くした祖父の秘密、若い母の迷いと哀しみをみずみずしいタッチで描いた感動作。（なだいなだ）
ゆ-7-1

柚木麻子
終点のあの子
女子高に内部進学した希代子は高校から入学した風変わりな朱里が気になって仕方ない。お昼を食べる仲になった矢先、二人に変化が……。繊細な描写が絶賛されたデビュー作。（瀧井朝世）
ゆ-9-1

吉田修一
横道世之介
大学進学のため長崎から上京した横道世之介十八歳。愛すべき押しの弱さと隠された芯の強さで、様々な出会いと笑いを引き寄せる。誰の人生にも温かな光を灯す青春小説の金字塔。
よ-19-5

よしもとばなな
High and dry（はつ恋）
十四歳の秋、生まれてはじめての恋。ちょっとずつ、ちょっとずつ心の距離を縮めてゆくふたりに、やがて訪れる小さな奇跡とは。イラスト満載、心あたたまる宝石のような一冊です。
よ-20-3

（　）内は解説者。品切の節はご容赦下さい。

誉田哲也
武士道セブンティーン
スポーツと剣道、暴力と剣道の狭間で揺れる17歳、柔の早苗と剛の香織。横浜と福岡に分かれた二人は、別々に武士道とは何かを追い求めてゆく。「武士道」シリーズ第二巻。（藤田香織）
ほ-15-3

誉田哲也
武士道エイティーン
福岡と神奈川で、互いに武士道を極めた早苗と香織が、最後のインターハイで、激突。その後に立ち塞がる進路問題。二人の女子高生が下した決断とは。武士道シリーズ、第三巻。（有川　浩）
ほ-15-4

宮本　輝
青が散る（上下）
燎平は大学のテニス部創立に参加する。部員同士の友情と敵意、そして運命的な出会い——。青春の鮮やかさ、野心、そして切なさを、白球を追う若者群像に描いた宮本輝の代表作。（森　絵都）
み-3-22

宮部みゆき
蒲生邸事件
二・二六事件で戒厳令下の帝都にタイムトリップ——。受験のため上京した孝史はホテル火災に見舞われ、謎の男に救助されたが、目の前には……。日本SF大賞受賞作！（関川夏央）
み-17-3

三羽《みつば》省吾
太陽がイッパイいっぱい
大学生のイズミがバイトをする解体現場には、汗、恋、喧嘩と盛り沢山。活きのいい大阪弁の会話と、過酷な状況における人間の力強さをユーモラスに描いた傑作青春小説。（北上次郎）
み-31-1

三羽省吾
厭世フレーバー
父親が失踪。次男十四歳は部活を、長女十七歳は優等生を、長男二十七歳は会社をやめた。母四十二歳は酒浸り、祖父七十三歳はボケ進行中。家族の崩壊と再生をポップに描く。（角田光代）
み-31-2

道尾秀介
ソロモンの犬
飼い犬が引き起こした少年の事故死に疑問を感じた秋内は動物生態学に詳しい間宮助教授に相談する。そして予想不可能の結末が！　道尾ファン必読の傑作青春ミステリー。（瀧井朝世）
み-38-1

文春文庫　最新刊

春から夏、やがて冬　歌野晶午
スーパーの保安責任者と万引き犯の女。〝絶望〟と〝救済〟のミステリー

この女　森絵都
貧しい青年と資産家の妻。二人の人生が交錯するとき——。著者の新境地

地下の鳩　西加奈子
大阪ミナミ。キャバレーの客引きと素人臭いチーママの不格好な恋愛

東北新幹線「はやて」殺人事件　西村京太郎
帰省を心待ちにした男が殺された。遺骨を携えた女が「はやて」に乗ると…

赤絵そうめん　とびきり屋見立て帖　山本兼一
坂本龍馬から持ちかけられた赤絵の鉢の商い。人気シリーズ第3弾

烏《からす》に単《ひとえ》は似合わない　阿部智里
史上最年少、松本清張賞受賞作。世継ぎの后選びを巡る姫君たちのバトル

ちょっと徳右衛門　幕府役人事情　稲葉稔
「大事なのは家族」と言い切る若侍の生活と難題。新・書下ろし時代小説

夢の花、咲く　梶よう子
植木職人殺害と地震後の付け火。朝顔栽培が生きがいの同心が真実を暴く

芙蓉の人〈新装版〉　新田次郎
NHKドラマ化。富士山頂で気象観測を行った野中到と妻千代子の夫婦愛

銭形平次捕物控傑作選2　花見の仇討　野村胡堂
江戸の名探偵・岡っ引の平次が知恵と人情で事件を解決。傑作八篇を収録

君は嘘つきだから、小説家にでもなればいい　浅田次郎
人気作家の人生の風景に酔う、単行本未収録多数の感涙と爆笑エッセイ集

司馬遼太郎対談集　**日本人を考える**〈新装版〉　司馬遼太郎
「しゃべり」の魅力溢れる、四十年前とは思えない示唆に富んだ対談集

ヤクザと原発　福島第一潜入記　鈴木智彦
暴力団専門ライターが作業員として福島第一原発に潜入したルポ

本が多すぎる　酒井順子
現代女子から渋いおじさん、歌舞伎にエロに親子関係まで。絶品エッセイ

Dear KAZU　僕を育てた55通の手紙　三浦知良
ペレ、ジーコ、バッジョ、香川真司……世界中から届いた、カズへの手紙

不思議な宮さま　東久邇宮稔彦王の昭和史　浅見雅男
「一億総懺悔」を唱えた事で知られる、史上唯一の皇族総理大臣の宮さま

江戸前の素顔　遊んだ・食べた・釣りをした　藤井克彦
江戸前の海は日本一の漁場だった。元釣り雑誌編集長が伝える江戸前の姿

ヒット番組に必要なことはすべて映画に学んだ　吉川圭三
ビートたけしや所ジョージが最も信頼するテレビマンによる異色の映画論

ホワイト・ジャズ　ジェイムズ・エルロイ　佐々田雅子訳
警察内部の壮絶極まる暗闘。世界最高峰の暗黒小説にして警察小説の極北

ジブリの教科書16　**借りぐらしのアリエッティ**　スタジオジブリ＋文春文庫編
『思い出のマーニー』の米林宏昌監督の初作品を、梨木香歩らが読み解く

シネマ・コミック16　**借りぐらしのアリエッティ**　原作　メアリー・ノートン　監督　米林宏昌
人間の世界から〈借り〉をして暮らす小人のアリエッティと少年の出会い